BASTEI
LÜBBE

Aus der Taschenbuchreihe JERRY COTTON – Neuer Roman – sind nachstehende Romane erhältlich. Fragen Sie im Buch- oder Zeitschriftenhandel nach diesen Titeln:

---

31 239 Die Privatdetektivin
31 240 Sein sechster Rivale
31 241 Das Thema eins der Mafia
31 242 Die den Tod verkaufen
31 243 Die Cockpit-Piratin
31 244 Das Gegengift
31 245 Fast ein Weltuntergang
31 246 Engel mit blutigen Händen
31 247 Frontwechsel
31 248 Die Astrologin vom Broadway
31 249 Seine erste Henkersmahlzeit
31 250 Die Anti-Mafia
31 251 Unser Freund, der Mörder
31 252 Des Satans schwache Stunde
31 253 Das Killer-Auge
31 254 Playgirl der Mafia
31 255 Mord nach Art des Hauses
31 256 Mister Brutalo
31 257 Kreuzfahrt durch die Unterwelt
31 258 Eiskalt in die Hölle
31 259 Mitternachts-Lady
31 260 Killer-City
31 261 Das unvorstellbare Verbrechen
31 262 Die Venus vom Broadway
31 263 Meine Stunde wird kommen
31 264 Die Republik der Mafia
31 265 Der Tod der weißen Dame
31 266 Richter Thompsons letzter Fall
31 267 Jet-Set-Killer
31 268 Die fünfte Todsünde
31 269 Die goldenen Witwen
31 270 Die schöne Kunst des Überlebens
31 271 Ballett in Sing-Sing
31 272 Stellvertreter eines Killers
31 273 Die Jackpot-Königin
31 274 Der Dompteur des Syndikats
31 275 Kalter Kuß
31 276 Neues vom Maulwurf
31 277 Wunderkind der Mafia
31 278 Der Cop, den alle haßten
31 279 Skandal im Pentagon
31 280 Tödliches Dreieck
31 281 Das Verschwörer-Syndikat
31 282 Mörder-Quiz mit Cora
31 283 Die Kamikaze-Gang
31 284 Aufsteiger des Jahres
31 285 Rotes Blut – weißer Mohn
31 286 Die Nacht der Vollstrecker
31 287 Keinen Cent für eine Leiche
31 288 Der beste Mann der Mord-AG
31 289 Todesblumen aus Bangkok
31 290 Bis zum Jüngsten Tag
31 291 Mein Mord-Kontrakt

Jerry Cotton

Golden Girl

Kriminalroman

BASTEI LÜBBE

BASTEI-LÜBBE-TASCHENBUCH
Jerry Cotton
Band 31 292

Titelfoto: Warner Bros./Seven Arts
Umschlaggestaltung: Manfred Peters, Köln
Satz: Fotosatz Leingärtner, Nabburg
Druck und Verarbeitung: Ebner Ulm
Printed in Western Germany
ISBN 3–404–31292–9

I

Am Montag, dem 7. Januar, nachts um 02.04 Uhr explodierte auf dem Gelände des für die Regierung arbeitenden Raumforschungsinstituts SPACE RESEARCH LABORATORY eine Höllenmaschine.

Angeblich wurde niemand verletzt. Dennoch gab es einen Toten. Aber von dem wollte niemand etwas wissen.

Als der FBI weisungsgemäß die Ermittlungen aufnahm, stießen wir in einen wahren Ameisenhaufen von durcheinander wimmelnden Gangstern, Geheimdiensten und Verrätern.

Die größte Überraschung freilich kam von einer Seite, von der es kein Special Agent des FBI erwartet hätte: von der eigenen Regierung . . .

New York lag unter einer Schneedecke. Die Kinder fanden es schön, die Erwachsenen weniger, und die Autofahrer fluchten.

Mein Freund Phil Decker und ich genossen ein dienstfreies Wochenende. Und da wir schon von Berufs wegen die ganze Woche mit dem Wagen unterwegs sind, waren wir klug und ließen den Jaguar schön in der Garage.

Wir gingen zu Fuß zu einem netten Restaurant, aßen gut und spielten in meiner Wohnung anschließend noch zwei Partien Schach. Ein edler Scotch brachte uns die nötige Bettschwere, und Phil fuhr verhältnismäßig früh mit einem Taxi nach Hause.

Es kann nicht viel später als elf gewesen sein, als ich ins Bett kam. Trotzdem hatte ich das Gefühl, gerade erst eingeschlafen zu sein, als mich das verdammte Telefon wieder aus dem Schlaf riß.

Ich schaltete die Nachttischlampe ein und stellte gähnend fest, daß es 2.30 Uhr war. Ein Landarzt konnte auch kein unruhigeres Leben haben.

Ich nahm den Hörer. »Cotton.«

»Hier spricht High«, tönte die Stimme unseres Distriktchefs durch die Leitung. »Tut mir leid, daß ich Sie wecken muß, Jerry.«

»Oh, Chef, das habe ich nun mal unterschrieben«, sagte ich und unterdrückte das zweite Gähnen.

»Was?« fragte Mr. High verdutzt.

»Unseren Dienstvertrag. Da steht in irgendeinem Paragraphen, daß man sich als Special Agent des FBI verpflichtet, zu jeder Zeit und an jedem Ort der Vereinigten Staaten einsatzbereit zu sein.«

»Es freut mich, daß Sie um diese Zeit schon Ihren Humor griffbereit haben, Jerry. Vielleicht werden Sie ihn brauchen. Sie müssen nämlich raus. Nehmen Sie Phil mit! Falls Sie Verstärkung brauchen, wenden Sie sich an unseren Einsatzleiter vom Nachtdienst.«

»Das klingt ja nach einer Haupt- und Staatsaktion.«

»Das wird es vielleicht auch werden. Kennen Sie das SPACE RESEARCH LABORATORY?«

»Gehört habe ich das schon mal. Aber im Augenblick sagt es mir nichts.«

»Das Institut liegt auf einem Areal, das früher zum Güterbahnhof in der Südbronx gehörte. Es arbeitet für die Regierung, wahrscheinlich fürs Pentagon.«

»Hat jemand versucht, das Institut zu stehlen?« fragte ich in dem mißratenen Versuch, witzig zu sein.

»Nein, aber jemand hat versucht, es in die Luft zu sprengen!«

»Ein Institut, das fürs Verteidigungsministerium arbeitet? Chef, wenn die nicht einmal ihre eigenen Einrichtungen schützen können, wie wollen sie unser Land verteidigen?«

»Fragen Sie die Zuständigen, Jerry! Ich erwarte Ihren Bericht, sobald Sie einen Überblick gewonnen haben.«

»Okay, Chef.«

Ich legte den Hörer auf und konnte in dieser Minute wirklich nicht ahnen, daß ich bereits den Nagel auf den Kopf getroffen hatte. Freilich in einer ganz anderen Weise, als ich es mir damals dachte.

Ich rief Phil an und erklärte ihm, daß es nichts Schöneres gebe, als frische Schneeluft zu atmen. Bevor er auflegen konnte, fügte ich schnell noch hinzu, daß er in 20 Minuten an der gewohnten Ecke stehen solle.

Während ich mich rasierte und duschte, blubberte in meiner Kaffeemaschine das Wasser, so daß ich beim Anziehen immerhin einen Schluck Kaffee trinken konnte. So etwas darf man nicht unterschätzen. Jeder Frontsoldat weiß, daß er essen soll, sobald sich eine Gelegenheit bietet, weil er nie wissen kann, wann die nächste kommt. Ich bin zwar kein Soldat, aber als G-man herumzulaufen, birgt gewisse Ähnlichkeiten.

Der Schnee auf den Straßen lag mindestens 15 cm hoch, und es schneite schon wieder mit schönen, großen, sanft herabrieselnden Flocken. Ich fuhr vorsichtig, aber zweimal rutschte mir doch das Hinterteil weg.

»Ich dachte, du wolltest mich bloß mal auf den Arm nehmen«, brummte Phil, als er zu mir in meinen roten Jaguar stieg.

»Nett von dir, daß du trotzdem aufgestanden bist«, lobte ich und erzählte von Mr. Highs Anruf.

Phil zündete zwei Zigaretten an und gab mir eine. Ich konzentrierte mich aufs Fahren, und Phil döste vor sich hin. Bei einem anderen Wetter hätte ich das magnetische Rotlicht aufs Dach gesetzt, damit wir ein bißchen schneller vorangekommen wären. Aber bei dem Schnee konnten wir auf beides verzichten, denn an ein schnelles Fahren war gar nicht zu denken.

Wir mußten durch ganz Manhattan hinauf in den Norden. Ich benutzte die Third Avenue Bridge über den Harlem River und bog nach rechts in den Bruckner Boulevard ein. Phil glaubte, an dem Institut irgendwann einmal vorbeigekommen zu sein. Deshalb fuhr ich nach seinen Anweisungen bis zur letzten Querstraße vor dem East River.

Nach links bog eine Straße ab, die sich ein wenig großspurig Locust Avenue nannte. Rechts zog sich ein über mannshoher Maschendrahtzaun hin, der oben mit einer sechsfachen Reihe von vorragendem Stacheldraht bewehrt war. Dahinter lagen ein- und zweistöckige Gebäude mit flachen Dächern. Wir sahen nirgendwo ein Licht brennen, abgesehen von den Laternen, die an hohen Peitschenmasten hingen und das ganze Gelände ziemlich gut ausleuchteten. Überall lag Schnee, der im Licht der Laternen glitzerte.

Ich hatte angenommen, daß längst ein paar Streifenwagen der City Police vom nächsten Revier eingetroffen wären und uns mit ihren Rotlichtern den Tatort anzeigen würden, aber es war nicht ein einziges Rotlicht zu sehen.

»Wieso ist die City Police noch nicht hier?« fragte ich. »Wir hatten es doch garantiert weiter als die Cops vom nächsten Revier.«

»Keine Ahnung«, erwiderte Phil und schaute sich langsam um. »Wenn Mr. High dich nicht angerufen hätte, würde ich sagen, daß uns irgend jemand verladen hat. Hier sieht doch alles ganz friedlich . . .«

Er beendete seinen Satz nicht, sondern stapfte plötzlich durch den knöcheltiefen Schnee auf den Maschendrahtzaun zu und daran entlang.

Ich lief ihm nach und fragte: »Was ist los?«

»Da vorn war irgend etwas im Schnee«, murmelte Phil und ging mit vorgebeugtem Oberkörper weiter.

Es schneite immer noch. Trotzdem fanden wir die Spuren – ein sicheres Zeichen dafür, daß sie noch nicht sehr alt sein konnten.

Auf der anderen Seite des Zauns stand ein niedriges, aber ziemlich langgezogenes Gebäude nur etwa einen Meter vom Zaun entfernt. Es hatte eine dicke Schneemütze auf, bis auf eine Stelle dicht an der Ecke, wo es Einbuchtungen gab.

Und genau auf derselben Linie, aber außerhalb des Zauns, waren ebenfalls Vertiefungen im Schnee. Phil bückte sich und fuhr mit der nackten Hand wie streichelnd über den Neuschnee.

»Da!« sagte er und zeigte auf ein paar dunkle Flekken, die er unter dem Neuschnee freigelegt hatte.

»Könnte Blut sein«, murmelte ich, machte kehrt und lief zurück zu meinem Jaguar. Ich zog das Mikrofon unseres Sprechfunkgeräts aus der Halterung und rief die Leitstelle.

»Cotton. Wir sind oben in der Südbronx, Bruckner Boulevard, dicht am East River. Schickt uns jemand von der Spurensicherung!« sagte ich und drückte das Mikrofon zurück, bevor der Kollege in der Leitstelle antworten konnte.

Eilig schloß ich meinen Kofferraum auf und zog die Wolldecke heraus, die ich dort immer liegen habe. Mit dem Stabscheinwerfer aus dem Handschuhfach lief ich zu Phil zurück. Wir breiteten vorsichtig die Decke über die schon halb zugeschneiten Spuren, die nach Blutstropfen aussahen.

Dann machten wir uns mit dem Stabscheinwerfer daran, die gerade noch erkennbaren Eindrücke im Schnee zu verfolgen. Sie führten von dem Maschendrahtzaun fort in Richtung auf die nach Norden abzweigende Locust Avenue. Wir waren den Spuren schon etwa 50 Meter gefolgt, als ich stehenblieb.

»Warte mal!« sagte ich und kniete nieder. Wie vorhin Phil wischte ich mit der flachen Hand und sehr behutsam über den Neuschnee. Darunter lag eine an der Oberfläche hartgefrorene Schicht von Altschnee. Als ich sie freigelegt hatte, glänzten uns mattschwarze Flecken entgegen. Ich schaltete den Stabscheinwerfer wieder ein – und aus dem matten Schwarz wurde im grellen Licht ein dunkles Rot.

»Das ist Blut«, sagte ich überzeugt. »Da ist einer von dem Dach über den Zaun gesprungen, der verletzt war.«

»Hat allerhand Blut verloren«, meinte Phil und zeigte auf die größeren Flecken, die es zwischen den kleineren gab. »Vielleicht ist er nicht weit gekommen.«

Wir richteten uns wieder auf. Ich schaltete den Stabscheinwerfer aus, denn die Trittspuren waren auch im Licht der Straßenlaternen noch zu erkennen. Wir folgten ihnen weiter. Ich klappte den Kragen meines Trenchcoats hoch. Es schneite ja noch immer.

Wir waren von der Einmündung der Locust Avenue noch 20 Meter entfernt. Wie in allen New Yorker Straßen waren auch dort Autos am Straßenrand geparkt. Wir hatten deshalb auf die endlose Blechschlange nicht geachtet.

Aber plötzlich flammten zwei Scheinwerfer auf. Ein Motor sprang an, und ein dunkles Auto, das als vorderstes und genaugenommen viel zu dicht an der Ecke geparkt worden war, setzte sich in Bewegung.

Der Fahrer hatte nicht an den Schnee gedacht und zu viel Gas gegeben. Der Motor heulte auf, die Räder drehten durch – und ich hatte auch schon meinen Revolver in der Hand.

»Paß auf, Phil!« rief ich. »Die sind nicht koscher!«

Mein Instinkt hatte mich nicht getrogen. Der Fahrer nahm Gas zurück. Der Wagen setzte sich in Bewegung – und rollte genau auf uns zu.

Wir standen wie auf einem silbernen Tablett – oder einem weißen, wenn man den Schnee berücksichtigte. Aber wir standen auch schon in Combat-Haltung: Beine gespreizt, Oberkörper zum Ziel vorgebeugt, um ein möglichst kleines Ziel zu bieten, und die Waffe in beiden vorgereckten Händen.

Als es keinen Zweifel mehr geben konnte, daß sie uns meinten, gab ich einen Warnschuß ab, dicht über ihr Wagendach hinweg. Ich weiß bis heute nicht, ob es der Schuß war, der sie ihre Pläne ändern ließ. Jedenfalls fuhr der Wagen plötzlich eine jähe Kurve. Das Heck rutschte weg. Phil und ich machten einen Satz seitwärts, landeten im Schnee und überschlugen uns.

Das war unser Glück. Denn aus dem Auto ratterte gellend der kurze Feuerstoß aus einer Maschinenpistole.

Johnny O'Connor gehörte gewiß nicht zu den Menschen, die früh ins Bett kommen. Aber in dieser Nacht war es noch später als sonst geworden.

Johnny hing mit ein paar Kollegen in Andy's Bar in der Nähe des Times Square herum. Mac Dougall von der Village Post war stellvertretender Chefredakteur geworden. Das ganze Zeitungsvolk bei Andy's ließ ihn immer wieder hochleben, was Mac Dougall zu immer neuen Runden veranlaßte. Wie fast alle Presseleute trank er gern einen, und man darf annehmen, daß die Glückwünsche der Kollegen für ihn ein willkommener Anlaß waren, die Trinkerei ein bißchen länger auszudehnen als gewöhnlich.

Kurz vor vier Uhr früh waren nur noch Mac Dougall von der Village Post, Otto Hettlinger vom Statesman,

William McPherson vom Chronicle und Johnny O'Connor vom Herald übrig geblieben.

Die vier gestandenen Presseleute hockten vor der hohen Bar und hatten jenes Stadium erreicht, in dem man eigentlich schon betrunken genug ist, um aufzuhören, aber eben doch noch nicht betrunken genug, um es auch zu tun.

»Wie ist . . . hicks . . . ist eigentlich das Wetter?« wollte Hettlinger wissen. »Scheint die Sonne?«

»Mann, bist du besoffen!« stellte Mc Dougall fest. »Mitten in der Nacht fragt der, ob die Sonne scheint!«

»Es schneit«, verkündete Johnny und rülpste.

Die anderen schauten ihn in gespielter Empörung an.

»Reine Körperbeherrschung«, erklärte Johnny mit schwerer Zunge. »Jeder andere hätte schon gekotzt.«

»Wer hat da eben gesagt, daß es schneit?« erkundigte sich McPherson und stierte in sein Whiskyglas, als gäbe es zwischen den Eiswürfeln irgendeine Offenbarung.

»Ich!« rief Johnny. »Ich habe gesagt, daß es schneit.«

»Das kannst du doch gar nicht wissen.«

»Wie . . . wieso kann ich das nicht wissen? Ein guter Polizeireporter weiß alles. Und ich bin der beste! Und ich sage euch: Es schneit.«

»Warst du draußen?«

»Nein. Ich lasse doch hier keinen Whisky rumstehen, solange ihr in der Nähe seid.«

»Dann kannst du auch nicht wissen, ob es schneit.«

»Es schneit aber trotzdem.«

»Wetten, daß nicht?« fragte McPherson leichtsinnigerweise.

Johnny kramte in seinen Hosentaschen, zog ein paar zerknüllte Dollarnoten hervor und versuchte angestrengt, sich einen Überblick über seinen Barbestand zu verschaffen. Als er sein Geld viermal mit vier verschiedenen Ergebnissen gezählt hatte, zupfte er einen Fünfer aus dem Päckchen und legte ihn auf die Theke.

»Fünf gute amerikanische Dollars darauf, daß es schneit!« rief er kämpferisch.

»Fünf dagegen«, sagte McPherson und legte seinen Schein dazu.

»Auch fünf dagegen«, lallte Hettlinger. »Du kannst doch nicht immer recht haben, Johnny!«

»Ich setze zwei dagegen«, meinte Mac Dougall, der sonst nie wettete.

»Piccolino, paß auf unser Geld auf!« rief Johnny zu dem Barkeeper hin.

»Ich heiße Pasella, Mr. O'Connor.«

»In Ordnung, Piccolino. Wir sind gleich wieder da. Ich muß diesen Schwachköpfen bloß zeigen, daß es schneit.«

Die vier Männer, von denen keiner unter 50 war, wankten durch das lange, schmale Lokal zur Tür. Johnny bedauerte, daß er fünf Dollar so leichtsinnig aufs Spiel gesetzt hatte, aber nun war es zu spät. Immerhin wollte er die Show bis zur letzten Sekunde ausspielen. Er stieß die breite Tür auf und trat hinaus.

Große weiße Flocken fielen sanft auf sein rundes Gesicht, das er dankbar dem Himmel darbot. Dabei fiel ihm sein speckiger Filzhut mit dem Presseausweis unter dem Hutband vom Kopf.

Johnny bückte sich, hob den Hut auf – und sah den Kopf eines Mannes, der acht Meter entfernt in einem Hauseingang stand und sich gerade vorgebeugt hatte.

Johnny nickte unmerklich, stülpte sich seinen Hut so auf den Kopf, daß er weit hinten im Genick saß wie immer, und erklärte triumphierend: »Das ist Schnee, Gentlemen! Echter, richtiger, kalter weißer Schnee!

Oder will jemand erst eine Laborprobe davon machen lassen?«

Die Männer ergingen sich in den unterschiedlichsten Behauptungen, die für Johnny samt und sonders ehrenrührig waren. Er hätte heimlich vorher nachgesehen, er hätte den Wetterdienst angerufen und dergleichen. Johnny ertrug es mit stoischem Gleichmut. Ihn interessierten nur die gewonnenen Dollar. Aber er blieb anständig und bestellte davon eine Runde.

Diesmal trank er sein Glas in eine Zug aus und erklärte völlig überraschend, daß er nun nach Hause gehen werde, weil ihm diese Gesellschaft von Schwachköpfen lange genug auf den Geist gegangen sei. Den empörten Einspruch tat er mit einer lässigen Handbewegung ab. Aber er ließ sich nicht aufhalten.

Seinen zerknitterten Mantel trug er trotz des Wetters über dem angewinkelten Arm, als er sich vor Andy's Bar nach rechts wandte und bis zur nächsten Ecke ging. Dort gab es ein Drugstore, das die Nacht über offenhielt.

Johnny betrat das überheizte Geschäft, jene uramerikanische Mischung aus Apotheke, Drogerie, Zeitschriftenladen und Imbiß, und sah sich kurz um. Ganz hinten in der Ecke entdeckte er den Mann, den er vor ein paar Minuten in dem Hauseingang gesehen hatte.

Es war ein ältliches Männchen unbestimmbaren Alters, aber jedenfalls weit über 60. Trotz der Wärme hatte er seinen dicken blauen Wintermantel nicht ausgezogen. Im Halsausschnitt war ein gestrickter grüner Schal zu sehen, aus dem ein dürrer Hals herausragte. Darauf saß ein länglicher Kopf mit Geiernase und ewig über der Nasenwurzel hochgezogenen Augenbrauen über wässrigen blaßblauen Augen.

»Hallo, Pit«, brummte Johnny und setzte sich neben das Männchen. Wie immer hatte sich Pit einen Tisch herausgesucht, den man von der Straße her trotz der großen Fenster nicht sehen konnte.

»Tag, Johnny«, sagte das Männchen mit einer überraschend festen und wohlklingenden Stimme.

»Tag ist gut. Es ist mitten in der Nacht.«

»Oh, nein, Johnny. Es ist schon kurz nach vier.«

»Du lieber Himmel! Max, bring mir das Übliche!«

Der große, breitschultrige Neger hinter der Theke war extra für Johnny hinter der Theke hervorgekommen, was er nur bei ganz besonderen Gästen tat.

»Das Übliche, ja, Sir, Mr. Johnny. Und der andere Gentleman?«

»Einen heißen Whisky mit viel Zucker«, bestellte Pit. »Irgendeinen Bourbon, was Sie haben.«

Der große Neger, der wie ein Schwergewichtsboxer aussah, wollte hinter die Theke zurück, aber Johnny hielt ihn am Zipfel seiner weißen Schürze fest und fragte scheinheilig: »Wie heiße ich, Max?«

»Johnny, Mr. Johnny.«

»Du sollst nicht ›Mister‹ zu mir sagen, alter Baumwollsklave! Sonst haue ich dir eines Tages eins auf deine Schnauze!«

Der Neger strahlte. Sein perfektes Gebiß stellte jede Zahnpastareklame in den Schatten. »Au, fein!« rief er und verdrehte die Augen, so daß auch noch das Weiß seiner Augäpfel aus dem dunklen Gesicht leuchtete. »Da wird sich Mr. Johnny aber mächtig wehtun, wenn er Max auf die Schnauze haut! Max hat nämlich Knochen aus Stahl.«

»Ich geb's auf«, seufzte Johnny und kramte in den Taschen seines zerknitterten Anzugs, bis er eine Zigarre mit beschädigtem Deckblatt gefunden hatte. Er versuchte, es mit Spucke zu kleben, riß ein Streichholz an der Tischkante an und paffte dünne Wölkchen über den Tisch, weil die Zigarre Luft bekam. Zwei Minuten saßen sie schweigend zusammen, bis der Hüne von einem Neger den heißen Whisky und für Johnny das »Übliche« brachte, nämlich einen großen Teetopf voller pechschwarzem, starkem Kaffee mit einem Schuß irischen Whisky.

»Prost«, sagte Johnny und nippte an seinem heißen Gebräu.

»Prost«, sagte auch das Männchen und blies in den heißen Whisky.

»Also?« fragte Johnny. »Was gibt's?«

»Einen Skandal.«

»Skandale interessieren mich nicht. Ich bin Polizei- und Gerichtsreporter, keine Klatschtante für die Gesellschaftsspalte.«

»Der Skandal betrifft die Regierung«, sagte Pit leise.

Johnny setzte schnell seinen großen Topf ab. Es war ein Steingutbecher vom Fassungsvermögen einer durchschnittlichen Teekanne.

»Drück dich deutlicher aus!«

»Werde ich bezahlt?« fragte Pit.

»Habe ich dich je unfair behandelt?«

»Nein, Johnny. Deshalb habe ich ja auch in der Kälte auf dich gewartet. Kennst du das SPACE RESEARCH LABORATORY?«

»Ich hab' davon gehört. Liegt oben in der Bronx, nicht?«

»Ja. Auf dem Gelände des Güterbahnhofs. Die Eisenbahngesellschaft hat einen Teil von dem Grundstück an das Institut verkauft.«

»Okay. Und was ist mit dem Laden?«

»Die arbeiten für die Regierung.«

»Na und?«

»Was hältst du davon, Johnny, wenn die Regierung neuerdings ihre Objekte mit Selbstschußanlagen und Höllenmaschinen schützt?«

»Mann, Pit, wir sind doch nicht in Rußland! Die machen so was. Bei uns zählen Menschenleben immer noch mehr als alles andere.«

»Ist aber so.« Pit beugte sich vor. Seine Stimme war jetzt nur noch ein leises Nuscheln, das Johnny gerade noch verstehen konnte: »Heute nacht wollte jemand im Institut einen Bruch machen. Aber die hatten sich mit einer Höllenmaschine oder irgendwas ähnlichem geschützt. Den Kerl hat's zerrissen.«

Johnny nippte wieder an seinem »gewürzten« Kaffee. Dann zog er ein paarmal an der Zigarre. Schließlich schüttelte er den Kopf.

»Ich glaub's nicht. Das Risiko wär' ja viel zu groß. Laß bloß mal Kinder irgendeinen Streich aushecken, wobei sie an so ein Ding gerieten! Das gäbe einen Aufstand. So was kann sich die Regierung nicht leisten.«

»Ist aber so. Der Mann, der den Bruch machen wollte, ist tot.«

Johnny betrachtete das Männchen nachdenklich. Er kannte seinen Nachrichtenlieferanten schon seit vielen Jahren und wußte, daß Pit kein Spinner war. Und jetzt verriet ihm Pits lüsterne Miene, daß noch keineswegs schon die ganze Katze aus dem Sack war.

»Was weißt du noch?«

Pit lächelte mit einem fast zahnlosen Mund. »20 Bucks vorschuß«, forderte er. »Den Rest je nach Größe der Story, die du draus machen kannst, Johnny.«

Johnny O'Connor wußte, daß Pit über Vorschüsse nicht mit sich handeln ließ. Außerdem gab es immer Konkurrenten, wo Pit seine Tips loswerden konnte. Also holte er wieder einmal sein Geld hervor und zählte 20 Dollar ab.

»Der Kerl, der bei dem Bruch draufging, hat nicht für die eigene Tasche gearbeitet. Er hieß Gino Cravelli«, flüsterte Pit. Er sah sich prüfend um und fügte kaum hörbar hinzu: »Er riskierte den Bruch im Auftrag der Mafia!«

Wir rappelten uns keuchend auf, klopften den Schnee von unseren Mänteln und starrten hinter dem dunklen Auto her, das weit unten, in Richtung Westen, um eine Ecke verschwand. Wir waren zu weit von meinem Jaguar weg, als daß es Sinn gehabt hätte, eine Verfolgung aufzunehmen.

»Zwei Verrückte?« fragte Phil.

Ich schüttelte den Kopf. »Das glaube ich nicht. Die meinten uns wirklich. Aber wieso? Außer unserer Dienststelle und uns beiden kann kein Mensch wissen, daß wir überhaupt unterwegs sind und nicht brav im Bettchen liegen. Hast du gesehen, wie sie geschossen haben?«

»Nein. War da was besonderes?«

»Ich glaube schon. Der Fahrer saß auf unserer Seite. Und der Feuerstoß kam aus dem vorderen Fenster. Der Schütze muß hinter dem vorgebeugten Kopf des Fahrers hinweg geschossen haben. Woraus sich ergibt, daß es nur zwei Mann waren. Hätte hinten noch jemand gesessen, hätten sie dem die Feuerspritze in die Hand gedrückt.«

»Das ist zwar gut beobachtet«, meinte Phil, »aber bringt es uns weiter?«

»Kein bißchen«, gab ich zu. »Ich hab's nur erwähnt, damit du siehst, mit was für einem hellen Kerlchen du es zu tun hast. Trotzdem werden wir vorsorglich der City Police Bescheid sagen. Es war ein dunkler Plymouth . . .«

»Dodge«, fiel mir Phil ins Wort.

Ich rieb mir die kalten Hände, blies warme Luft in die hohlen Fäuste und rief mir den Anblick des Wagens zurück in die Erinnerung. »Plymouth«, sagte ich danach kurz, während wir durch den frischen Schnee zurück zu meinem Jaguar stapften.

»Dodge«, sagte Phil ebenso stur. »Dunkelgrün.«

»Dunkelblau«, sagte ich.

In der Eile hatten wir beide vergessen, Handschuhe anzuziehen, und das machte sich jetzt bemerkbar. Ich hielt Phil die Zigarettenpackung hin. Wir bedienten uns. Das Rauchen hatte den Vorteil, daß man wenigstens eine Hand wärmen konnte, wenn man nur die Zigarette richtig hielt.

In meinem Jaguar stellte ich das Gebläse für die Füße an, wartete eine Minute und schlug dann vor: »Du rufst unsere Leitstelle und meldest den Überfall auf uns mit der Bitte, die City Police zu informieren. Sie sollen darauf hinweisen, daß die beiden Männer mindestens eine Maschinenpistole bei sich haben, daß also bei einer eventuellen Kontrolle größte Vorsicht geboten ist. Um die Zeit jetzt können eigentlich nicht so viele dunkelblaue Plymouths unterwegs sein.«

»Dunkelgrüne Dodges«, widersprach Phil.

Ich seufzte ergeben: »Also meinetwegen, gib beide Beschreibungen! Dann wartest du das Eintreffen der Kollegen von der Spurensicherung ab.«

»Und was tust du inzwischen?«

»Ich laufe so lange an dem Zaun entlang, bis ich einen Zugang zu dem Gelände gefunden habe. Denn dafür sind wir ja eigentlich hier – oder?«

»Wenn du den Anruf von Mr. High nicht nur geträumt hast. Was ich für sehr wahrscheinlich halte. Wenn da auf dem Gelände eine Höllenmaschine hochgegangen wäre, würde es hier doch längst von Cops und Streifenwagen wimmeln.«

Da mußte ich ihm recht geben. Ich verstand die unnatürliche Stille, die hier herrschte, ja auch nicht. Aber ich wußte wenigstens, daß ich den Anruf nicht geträumt hatte. Deshalb machte ich mich auf den Weg.

Der über mannshohe Zaun verlief parallel zum Bruckner Boulevard auf den East River zu. In regelmäßigen Abständen erhoben sich hohe Peitschenmasten mit Laternen, die keinen Meter des Zauns im Dunkeln ließen. Kurz vor dem Fluß bog der Zaun in einem rechten Winkel ab nach Süden. Es sah aus, als ob hier eine Zufahrtsstraße entlangliefe. Aber genau konnte ich das nicht sagen, denn der Schnee lag knöcheltief und wies keinerlei Spuren auf.

Wer außer uns hätte auch mitten in der Nacht zu einem Laboratorium fahren sollen?

Ich leuchtete einmal an dem jetzt parallel zum East River verlaufenden Zaun entlang und sah, daß er bis hinab zum Ufer reichte. Dort gibt es in Ost-West-Richtung einen schmalen Wasserlauf, der die Bronx von Randall's Island trennt, auf dem die berühmte Triboro Bridge steht. Die Lichter der riesigen Brücke hingen wie zu einer Schnur geordnete Sterne in der Finsternis.

Noch immer fiel lautlos der Schnee in großen Flokken aus dem schwarzen Nachthimmel. Die Kälte hatte den Vorteil, daß sie einen munter machte. Aber ich begann allmählich zu überlegen, ob ich den Anruf von Mr. High nicht vielleicht doch nur geträumt hatte. Es war einfach unmöglich, daß nicht ein einziger Streifenwagen am Schauplatz einer Explosion auftauchen sollte! Selbst wenn die Kollegen der City Police erst nach uns informiert worden waren, so hätten sie doch mittlerweile längst eingetroffen sein müssen.

Wenn ich den Anruf nicht geträumt hatte, dann war hier irgend etwas faul.

Mehr als faul. Es stank geradezu.

Ich schnipste den Rest meiner Zigarette in einem hohen Bogen in den leise gurgelnden East River, der nur vier Meter von dem entfernt war, was ich für eine zugeschneite Zufahrtsstraße hielt. Ein paar Meter weiter geriet ich an ein niedriges Häuschen mit verhangenen Fenstern. Aber hinter den Vorhängen brannte Licht.

Ich ließ den Lichtstrahl meines Stabscheinwerfers

über das flache Gebäude huschen. Es war ein typisches Pförtnerhäuschen mit weit vorgebautem Dach und einem anschließenden, doppelflügligen Tor. Es gab eine etwa einen Meter von der Hauswand zurückgesetzte Tür und daneben eine Sprechanlage in der Wand. Über der Tür stand in glänzenden Metallbuchstaben:

SPACE RESEARCH LABORATORY

Wenigstens in der Adresse hatte sich Phil nicht geirrt. Ich drückte meinen Daumen auf einen Messingklingelknopf, der so kalt war, daß mir der Daumen beinahe daran kleben blieb. Irgendwo in dem Häuschen ertönte ein Summton – und sofort Hundegebell.

In der Sprechanlage knisterte es. Dann fragte eine Männerstimme: »Wer ist da?«

»FBI«, sagte ich. »Bitte, machen Sie auf!«

»Tut mir leid, Sir, ich darf niemand einlassen. Wenden Sie sich bitte an Professor Jackson, wenn es etwas Dringendes ist!«

»He, Moment mal!« rief ich. »Bei Ihnen hat es doch eine Explosion gegeben und . . .«

»Sie müssen sich irren, Sir. Bei uns hat es keine Explosion gegeben.«

Es knackte, und die Sprechanlage war ausgeschaltet. Nur der Hund kläffte weiter.

II

»Zum Teufel!« fluchte ich. »Was hätte ich denn machen sollen? Die Tür aufbrechen und dann den Hund erschießen? Da kennst du aber unsere Tierfreunde!

Wenn du in der letzten Notwehr einen Killer erschießt – das verzeihen sie dir. Aber wenn du in derselben Notwehr einen Hund erschießt, dann bleibt dir nur eins von beiden: Auswanderung oder Selbstmord.«

Wir saßen in meinem warmen Jaguar, draußen schneite es, und ich war mir selten im Leben so dumm vorgekommen.

»Aber wenn die denken, daß sie einen G-man so billig loswerden, dann irren sie sich!« knurrte ich grimmig und zog mir das Mikrofon heran. »Cotton an Leitstelle, bitte kommen!«

»Wir sind ja schon da, Jerry. Was können wir für dich tun?«

»Ich brauche die Telefonnummer eines gewissen Professor Jackson.«

»Hast du Jackson gesagt?«

»Habe ich. Und jetzt erklärt mir bitte nicht, daß Jackson ein sehr häufiger Name ist! Diese Vermutung habe ich selber. Aber vielleicht gibt's nicht allzu viele Professoren unter den Jacksons. Also scheuch die Jungs im Bereitschaftsraum aus den Feldbetten! Jeder soll sich einen der fünf Bände des New Yorker Telefonbuches vornehmen und sämtliche Jacksons herausschreiben, die einen Professortitel haben.«

»Und wenn der Junge gar nicht in New York wohnt?«

»Dann sollen die Kollegen vom Bereitschaftsdienst wieder in ihre Feldbetten kriechen, verdammt noch mal!« knurrte ich und drückte das Mikrofon zurück in die Klemme.

»Komm, Phil!« forderte ich und griff erneut nach dem Stabscheinwerfer.

»Was hast du denn jetzt vor?«

»Nachschauen, wohin der Bursche eigentlich wollte, der da verletzt vom Dach über den Zaun gesprungen ist. Solange man seine Spuren überhaupt noch erkennen kann. In einer halben Stunde wird bei dem Schneefall nichts mehr zu sehen sein.«

»Du bist ja heute früh von einer umwerfenden Aktivität!«

»Das gehört bei uns Jungs vom Lande zum Charakter. Im Gegensatz zu euch degenerierten Stadtmenschen.«

Wieder einmal stapften wir durch den Schnee bis zu der Stelle, wo wir vorhin die Spur verlassen hatten, weil plötzlich ein Auto auf uns zuschoß. Ich hatte bald herausgefunden, daß man den Lichtschein der Lampe möglichst flach über den Schnee gleiten lassen mußte, wenn man die schon halb zugeschneiten Spuren noch erkennen wollte. Aber wenn man das erst einmal entdeckt hatte, verrieten die flachen Schatten die Spuren doch noch recht gut.

Sie führten in einer seltsam gezackten Linie vom Zaun zur Kreuzung der Locust Avenue mit dem Bruckner Boulevard. Dort gab es eine größere Vertiefung im Schnee.

»Der Bursche ist getaumelt, deshalb die Zickzacklinie«, murmelte ich. »Und hier könnte er sogar zusammengebrochen sein. Aber da . . .«

Ich ließ den Lichtstrahl dicht über den Neuschnee huschen, und in Richtung auf den East River zu gab es jetzt auf einmal drei Spuren: eine Schleifspur, die nie abriß, und rechts und links davon Trittspuren.

»Zwei Männer haben ihn aufgehoben und in diese Richtung geschleppt!« sagte Phil und zeigte zum East River.

Mir schwante nichts Gutes. Wir wollten schon der Spur gerade in Richtung auf den East River hin folgen, als weit unten, zur Stadt hin, ein Auto um eine Ecke bog und auf uns zu rollte. Vielleicht kam der dunkelblaue Plymouth zurück.

»Deckung!« rief ich und riß Phil am Ärmel mit mir.

Die nächste Hauswand war nur sechs Schritte entfernt, und davor standen fast ein Dutzend Mülltonnen. Wir warfen uns in den hohen Schnee hinter den Tonnen.

»Jedenfalls fällt man so weicher«, keuchte Phil.

»Und der Mantel bleibt auch sauber«, ergänzte ich und schielte durch den Spalt zwischen zwei Mülltonnen.

Es war ein beigefarbener Dodge, der dem Wetter entsprechend sehr vorsichtig fuhr. Sie rollten dicht an dem Maschendraht entlang bis fast an die Ecke, wo er nach Süden abbog. Dort blieb das Auto stehen.

»Dafür, daß hier angeblich gar nichts passiert ist, ist aber doch allerhand Betrieb«, brummte ich.

Wir trauten unseren Augen nicht. Der Wagen war 50 Meter von uns entfernt, aber er stand im Licht einer Laterne an den Peitschenmasten. Durch die tiefe Stille der Schneenacht hörten wir deutlich, wie eine Wagentür schlug. Und dann tauchte vor dem Kühler eine Gestalt auf, die nicht viel höher war als die Kühlerhaube.

»Ein Liliputaner?« murmelte Phil entgeistert.

»Oder ein Kind?« fragte ich.

Das kleine Wesen trug ein weißes Päckchen, mit dem es um die Ecke des Zauns nach Süden hin einbog. Im Laufschritt trabte es dicht am Zaun entlang bis etwa zu der Höhe, wo das Pförtnerhäuschen stehen mußte.

Aber da war es zu weit von uns entfernt, so daß wir nicht erkennen konnten, was es tat. Aber schon nach höchstens zwei Minuten erschien es wieder oben an der Ecke und lief auf den hellen Wagen zu. Wieder hörte man eine Tür schlagen.

Der Wagen wendete langsam und fuhr in die Richtung zurück, aus der er gekommen war. Wir strengten beide unsere Augen an, aber es war unmöglich, das Kennzeichen zu erkennen. Aber etwas anderes hatte ich deutlich gesehen: das Diplomatenkennzeichen CD.

Als sie weit genug weg waren, spurtete ich los. Ich lief durch den Schnee, als gelte es mein Leben. Eine Sekunde konnte ja die entscheidende sein, wenn sie da unten etwa eine Höllenmaschine deponiert hatten.

In dem zurückgesetzten Hauseingang des Pförtnerhäuschens lag das weiße Päckchen. Als ich daneben niederkniete, bellte drinnen der Hund.

Ich besah mir das Päckchen vorsichtig. Dann schüttelte ich den Kopf und verstand überhaupt nichts mehr. Es war morgens kurz vor fünf, das Päckchen war um diese ungewöhnliche Zeit extra von einem Diplomatenwagen gebracht worden – aber das Päckchen war nichts anderes als eine ganz gewöhnliche Zeitung.

Wenn irgendein Ereignis oder eine Information das berufliche Interesse von Johnny O'Connor geweckt hatte, dann besaß er die Ausdauer eines arktischen Schlittenhundes, aber auch die List eines Polarfuchses.

Als Pit mit dem Versprechen gegangen war, weitere Informationen zu besorgen, grübelte Johnny eine Weile vor sich hin.

Bei einem gewöhnlichen Verbrechen genügte auch die gewöhnliche Arbeitsmethode. Wenn aber tatsächlich sehr einflußreiche Leute oder gar Regierungsdienststellen in eine Sache verwickelt schienen, dann war es mit der bloßen Routine nicht getan. Dann mußte man sich etwas einfallen lassen.

Und Johnny fiel etwas ein. Er ließ sich ein Taxi rufen, fuhr nach Hause und stürzte sich sofort auf eine Pappschachtel, die in einem Regal in seinem häuslichen Arbeitszimmer stand. Er bewahrte unter anderen Erinnerungsstücken auch die Taschenkalender der letzten Jahre darin auf.

Nach kurzem Nachdenken kam er zu der Überzeugung, daß es drei, wenn nicht gar vier Jahre her sein mußte, seit er einem Regierungsbeamten aus Washington in New York einen Gefallen getan hatte. Es war im Sommer gewesen, und Johnny fand die Telefonnummer des Mannes unter dem Datum des 11. Juni in dem Kalender, der nun vier Jahre alt war.

Johnny schaute auf die Uhr: 4.56 Uhr. Er zögerte einen Augenblick. Aber dann angelte er sich das Telefon vom Schreibtisch herab auf den Teppich, wo er den Karton ausgekippt hatte, und wählte.

Wenn dieser Stappleton überhaupt noch unter der Nummer zu erreichen war, würde er sich über diesen Anruf bestimmt nicht freuen. Und nicht nur wegen der unmöglichen Zeit.

Endlich wurde am anderen Ende abgenommen.

»Ja?« grunzte eine Männerstimme verschlafen: »Was ist denn los? Mitten in der Nacht!«

»Tut mir leid, Mr. Stappleton; daß ich so früh störe«, sagte Johnny freundlich. »Hier spricht Johnny. Johnny O'Connor aus New York.«

»Wer ist da?«

»Johnny O'Connor aus New York! Ich habe Ihnen vor vier Jahren geholfen, Ihre Tochter in New York zu finden. Als sie Ihnen weggelaufen war. Erinnern Sie sich?«

»Ach, Sie sind's! Menschenskind, ja, natürlich erinnere ich mich. Ohne Sie hätte ich Caroll bei den Fixern doch nie gefunden!«

»Wie geht's ihr denn so?«

»Bestens, Johnny! Vielleicht haben Sie ihr damals sogar das Leben gerettet! Sie ist völlig weg von Drogen und studiert jetzt schon im dritten Jahr. Will Anwältin werden. Wir sind richtig stolz auf sie.«

»Das freut mich. Grüßen Sie Caroll von mir!«

»Danke. Aber deswegen rufen Sie doch garantiert nicht um diese Zeit an. Haben Sie irgendein Problem, Johnny? Wenn wir Ihnen helfen können – ganz selbstverständlich.«

»Ich brauche eigentlich nur eine Auskunft. Aber möglicherweise eine sehr delikate Auskunft. Können Sie unbesorgt sprechen?«

»Johnny, in Washington gibt es mehr Abhörgeräte als Telefonapparate. Wenn es was Vertrauliches wird, sollten wir es anders handhaben.«

»Machen Sie einen Vorschlag, Mr. Stappleton!«

»Hat's zehn Minuten Zeit?«

»Sicher.«

»Okay. Geben Sie mir Ihre Rufnummer durch. Ich rufe Sie in etwa zehn Minuten aus einer öffentlichen Telefonzelle an. Einverstanden?«

»Es ist hundekalt, und vielleicht schneit es sogar wie bei uns. Außerdem kostet es Ihr Geld!«

»Erlauben Sie mal, Johnny! Was Sie für unsere Familie getan haben, ist mit Geld nicht gutzumachen. Sagen Sie Ihre Rufnummer, und Sie können mit meinem Rückruf innerhalb von etwa zehn Minuten rechnen!«

Johnny gab die Zahlenfolge durch, lehnte sich mit dem Rücken an seinen alten Schreibtisch und war zufrieden. Bis jetzt war es leichter gelaufen, als er gefürchtet hatte. Stappleton schien tatsächlich ein Mann zu ein, der ihm geleistete Dienste nicht vergaß. Vielleicht hing alles nur von seinem Informationsstand ab. Denn es konnte natürlich sein, daß er in der Sache, um die es ging, überhaupt nicht unterrichtet war.

Es dauerte genau 14 Minuten, bis bei Johnny das Telefon anschlug. Er nahm den Hörer und sagte seinen Namen.

Es war, wie erwartet, Stappleton aus der Bundeshauptstadt. Er sagte: »Nun, Johnny, sprechen Sie sich aus! Ich vermute, Sie brauchen eine Information? Wenn es sich nicht um ein erklärtes Staatsgeheimnis handelt, sollen Sie sie bekommen.«

»Fein«, sagte Johnny erwartungsvoll. »Haben Sie schon mal etwas von einem Institut namens SPACE RESEARCH LABORATORY gehört?«

»Ja.«

Die Antwort kam in einem Ton, der für Johnny Bände sprach. So redete man nur von Dingen, von denen man gar nicht reden will. Trotzdem fuhr Johnny fort: »Der Laden arbeitet für die Regierung, ja?«

»Stimmt.«

»Genauer, fürs Pentagon?«

»Für unser Verteidigungsministerium, ja.«

»In dem Laden soll heute nacht . . .« begann Johnny.

Aber Stappleton fiel ihm ins Wort: »Ich habe nicht vergessen, daß ich in Ihrer Schuld stehe, Johnny. Aber in dieser Sache kann ich nichts für Sie tun. Ich kann Ihnen nur einen Rat geben, einen sehr ernsten Rat: Vergessen Sie alles, was Sie im Zusammenhang mit dieser Firma gehört oder sonstwie erfahren haben! Vergessen Sie alles, vergessen Sie es gründlich und vergessen Sie es für alle Zeiten! Tut mir leid, Johnny.«

Die Leitung war unterbrochen. Stappleton hatte aufgelegt.

Aber so durfte man mit einem amerikanischen Reporter nicht umspringen.

Denn jetzt war Johnny erst richtig neugierig geworden.

Es hörte nicht auf zu schneien. Auf dem East River tuckerte ein kleiner Schlepper flußabwärts. Er hörte sich sehr nahe an. Aber er war in dem dichten Schneefall nicht zu sehen.

»Warum bist du da runtergerannt, als ob der Teufel hinter dir her gewesen wäre?« fragte Phil, als ich wieder bei ihm ankam.

»Dieser Zwerg hat denen etwas vor die Tür gelegt. Ein weißes Päckchen. Ich dachte, es wäre vielleicht eine Bombe.«

»Himmel«, sagte Phil. »Daran habe ich gar nicht gedacht. Und was war es wirklich?«

»Eine druckfrische Zeitung von heute. Auf der oberen Ecke stand ›Dr. Bellway‹.«

»Was?« Trotz des Schneefalles schob Phil vor Verwunderung seinen Hut so weit ins Genick, daß die Schneeflocken auf seine Stirn fielen. »Seit wann werden denn unsere Zeitungen von Diplomatenwagen ausgefahren?«

»Und von Liliputanern vor die Tür gelegt?« ergänzte ich. »Ich weiß zwar immer noch nicht, was hier heute nacht wirklich passiert ist, aber eins weiß ich jetzt bestimmt, Phil: Der Chef hat uns nicht ohne Grund hierher geschickt. Komm, wir wollen der Schleifspur folgen, bevor sie endgültig zugeschneit ist.«

Wir liefen wieder über den freien, zugeschneiten Platz zwischen dem hohen Drahtzaun und der nördlichen Häuserwand, vor der sich die Spuren hinzogen. Sie waren jetzt kaum noch zu erkennen. Wir mußten uns tief vorbeugen, um sie überhaupt noch auszumachen. Als wir noch 15 Meter vom Fluß entfernt waren, knallten plötzlich hinter uns Autotüren. Wir fuhren erschrocken herum, denn wir hatten kein Auto kommen hören. Die Scheinwerfer waren aufgeblendet und voll auf uns gerichtet, so daß wir völlig geblendet waren.

»Besser, ihr bleibt ganz ruhig stehen«, sagte eine junge Männerstimme. »Und vor allem keine hastigen Bewegungen!«

Sie waren in der Dunkelheit, und wir standen im grellen Licht. Besser konnten sie es sich gar nicht wünschen. Ich verfluchte die Tatsache, daß wir uns nur auf die Spuren konzentriert und nicht auch nach hinten gesichert hatten.

Ein leises Knirschen war im Schnee zu hören. Dann tauchte neben dem Lichtkegel der Scheinwerfer eine schemenhafte Gestalt auf. Es kam mir so vor, als ob sie eine Waffe in einer Hand hielte, aber genau konnte ich es nicht sehen.

»Habt ihr was im Schnee verloren?« fragte die Gestalt.

»Ja, mein Feuerzeug.«

»Ach?« In dem einen Wort schwang verdammt viel Ironie.

Ich zuckte mit den Achseln. »Es ist ein Erinnerungsstück«, sagte ich. »Ich möchte es gern wiederhaben.«

»Na, dann helfen wir euch doch suchen«, sagte die Gestalt. »Aber vorher würde ich gern wissen, warum ihr euch zu dieser Zeit hier rumtreibt. Ich meine, bevor ihr das Feuerzeug verloren habt.«

Wenn es die Burschen mit dem dunkelblauen Plymouth oder dem dunkelgrünen Dodge waren, sah es für uns ziemlich trübe aus. Leute, die mit Maschinenpistolen einfach drauflos ballern, sind entweder Profis, die etwas zu verbergen haben, oder Verrückte. Mir gefiel weder die eine noch die andere Möglichkeit.

»Scheint euch plötzlich die Sprache verschlagen zu haben«, sagte die Gestalt aus der Dunkelheit. »Reckt die Hände hoch! Der da mit dem Feuerzug: Komm her und stell dich zwischen die Scheinwerfer! Leg die Hände auf den Kühler und mach die Beine breit!«

Das klang vertraut.

»Seid ihr etwa Cops?« fragte ich.

»Was dagegen?«

Ich atmete auf. »Ganz und gar nicht. Wir sind G-men.«

Jetzt schien es dem anderen die Sprache verschlagen zu haben. Es dauerte ein paar Sekunden, bis seine Stimme wieder zu mir drang. Diesmal klang sie ein bißchen unsicher: »Okay, Feuerzeug-Mann, du darfst deinen linken Arm bewegen. Aber schön langsam! Fisch deine Marke raus und wirf sie rüber! Aber langsam!«

Es war ein bißchen mühsam, mit der linken Hand in die linke innere Brusttasche zu kommen, aber dann hatte ich das Etui zwischen den Fingerspitzen, zog es heraus und warf es ihm hin. Es fiel innerhalb des Lichtkreises der Scheinwerfer zu Boden. Er angelte es mit einem Fuß ins Dunkle. Nach drei Sekunden ertönte seine Stimme wieder, und jetzt klang sie weitaus freundlicher.

»Okay, Jungs, alles klar.«

Er kam ins Licht, gefolgt von zwei anderen, die ihre Revolver einsteckten. Sie waren alle um 25, trugen gefütterte Windjacken, abgewetzte Jeans und dicksohlige Stiefel.

Ihr Sprecher stellte vor: »Sir, ich heiße Hank Goodar, das ist David Bickson und das da Will Cabble.«

Ich nickte ihnen zu und fragte: »Zivilstreife?«

»Ja, Sir. Tut mir leid, daß wir Sie belästigt haben.«

»Macht nichts. Übrigens: Das ist mein Kollege Phil Decker. Kommen Sie von einem Revier, Mr. Goodar?«

»Ja, vom 74. Das ist hier zuständig.«

»Aha. Wissen Sie etwas von einer Explosion, die hier in der Gegend stattgefunden haben soll?«

»Nein, Sir. Da kann eigentlich nichts gewesen sein, sonst wüßten wir es bestimmt.«

»Hm«, brummte ich und überlegte, ob der Anrufer heute nacht auch wirklich Mr. High gewesen war. Aber es war seine Stimme gewesen, da war ich sicher.

Aber wieso wußte hier kein Mensch von einer Explosion?

Weit unten bog ein Auto um die Ecke und kam in ziemlich schneller Fahrt auf uns zu.

»Vorsicht!« rief ich. »Wir sind hier schon aus einem Auto beschossen worden.«

Die drei Cops von der Zivilstreife hatten ihr Handwerk gelernt. Sie spritzten auseinander, so daß niemand uns alle mit einem einzigen Feuerstoß hätte umbringen können. Aber diesmal hatte auch niemand eine solche Absicht, denn der Wagen hielt hinter dem Streifenwagen an und zwei FBI-Kollegen kletterten mit einem großen Spurenkoffer heraus. Es waren Dave Petrulla und Richard Carpenter.

»Hallo, Jerry, hallo, Phil«, sagte Dave und warf einen fragenden Blick auf die drei zivilen Cops.

»Das sind Kollegen von der City Police«, sagte ich und stellte die beiden den dreien vor.

»Die Leitstelle versucht seit geraumer Zeit, euch zu erreichen, Jerry«, sagte Richard Carpenter. »Die haben alle Telefonbücher von New York durch. Es gab zweimal einen Jackson mit dem Professorentitel, aber keiner von den beiden hat mit dem SRL etwas zu tun.«

»SRL?« fragte Goodar.

»Space Research Laboratory«, erklärte ich und zeigte hinüber zu dem eingezäunten Gelände. »Da soll es heute nacht gekracht haben. Aber nicht einmal der Pförtner weiß etwas davon. Doch von dem niedrigen Gebäude da drüben ist jemand über den Zaun gesprungen. Jemand, der verletzt war. Denn wir fanden Blutspuren im Schnee.«

»Die jetzt natürlich zugeschneit sind«, brummte Dave Petrulla.

»Nein«, widersprach ich. »Wir haben eine Decke aus meinem Wagen darüber gelegt. Wenn ihr sie weghebt, müßtet ihr die Blutspuren sehen.«

»Okay, sehen wir uns die Sache an.«

Dave und Richard gingen mit ihrem Spurenkoffer auf die Stelle am Zaun zu, die ich ihnen mit dem ausgestreckten Arm gezeigt hatte. Ich wandte mich an die drei jungen Cops der Zivilstreife und erzählte ihnen, wie wir beschossen worden waren, als wir den Spuren im Schnee folgten.

»Es war ein dunkelgrüner Dodge oder ein dunkelblauer Plymouth«, sagte ich. »Zwei Mann. Und sie schossen mit einer Tommy Gun. Wenn euch bei eurer Streife irgendwo so ein Wagen auffällt – seid vorsichtig!«

»Okay, Sir«, versprach Goodar. »Aber was haben Sie nun wirklich im Schnee gesucht?«

»Wir wollten nur herausfinden, wohin der verwundete Mann gegangen ist, der da drüben von dem niedrigen Dach über den Zaun gesprungen ist. Und das werden wir jetzt endlich tun, bevor uns der Schnee die letzte Ahnung der Spuren verweht.«

»Wenn Sie gestatten, schauen wir mit, Sir.«

»Nur zu, Mr. Goodar!«

Noch war die Schleifspur mit den Schrittspuren rechts und links davon im Schnee zu ahnen, aber lange würde es nicht mehr der Fall sein. Denn es schneite unaufhörlich.

Die Spur führte schnurgerade zum Ufer des East River. Hier in dieser Gegend war es durch eine Mauer aus großen Natursteinquadern befestigt. In die Mauer waren etwa einen Meter über der Wasseroberfläche in regelmäßigen Abständen Krampen eingelassen, die schwere, bewegliche Eisenringe hielten. Vielleicht hatten früher einmal Boote daran festgemacht. Im Licht unserer Taschenlampen konnten wir gut sehen, wie verrostet Krampen und Ringe waren. Möglicherweise befanden sie sich schon seit 100 Jahren oder noch länger an ihrem Platz.

Aber es gab noch etwas anderes, auf das sich unsere Taschenlampen schnell konzentrierten, sobald es der erste gesehen hatte: die Leiche eines Mannes, die mit dem Oberkörper in der Gegenströmung des Flusses schaukelte. Der linke Fuß war in einem der verrosteten Ringe hängengeblieben und hatte so das Abtreiben der Leiche verhindert.

III

Es ging auf sieben, und es schneite immer noch. Inzwischen war es hell geworden, sofern man das diesig trübe Zwielicht Helligkeit nennen konnte.

Die zivilen Cops hatten ihre Streifenfahrt wieder aufgenommen, nachdem sie uns eine Mordkommission der City Police herantelefoniert hatten.

Wir hatten den Toten aus dem Wasser gefischt. Sein Jackett war an der rechten Schulter zerrissen. Eine Fleischwunde hatte den Knochen des Schultergelenks bloßgelegt.

Aber nach der Meinung des Polizeiarztes war das nicht die eigentliche Todesursache gewesen. Die bestand darin, daß ihm jemand eine Kugel aus nächster Nähe, vielleicht sogar mit aufgesetzter Mündung, in die linke Schläfe geschossen hatte.

Aber zu seinen Lebzeiten war der Tote ein Profi gewesen. Nur Profiverbrecher entfernen sogar aus dem Hemd das Etikett. Es gab nichts an ihm oder an seiner Kleidung, anhand dessen man die Leiche identifizieren konnte.

Als an Ort und Stelle alles Nötige getan war, wurde der Leichnam zum städtischen Schauhaus transportiert. Die Mordkomission kehrte in ihre Büros in der

Bronx zurück, weil dies nicht die einzige Leiche war, mit der sie sich zu beschäftigen hatte.

Dave und Richard hatten aus dem Schnee unter meiner Decke blutgetränkten Schnee in zwei Cellophanbeutel gepackt und zusammen mit der Leiche zum Schauhaus geschickt. Der Doc, der dort die Obduktion vornehmen würde, konnte bei der Gelegenheit auch untersuchen, ob das Blut am Zaun tatsächlich von der Leiche aus dem East River stammte. Phil und ich waren davon überzeugt.

Wir blieben allein in einer verwunschenen Schneelandschaft zurück. Inzwischen versank man schon bis weit über die Knöchel in dem makellosen Weiß. Nachdem wir lange genug ohne Handschuhe im Freien gearbeitet hatten, setzten wir uns erst einmal in meinen Jaguar, um uns ein wenig aufzuwärmen. Es dauerte nicht lange, und das Gebläse pustete warme Luft in den Fond.

»Angenommen«, sagte Phil nachdenklich, »der tote Mann ist tatsächlich der, der vom Dach über den Zaun gesprungen ist . . .«

»Was dann?« fragte ich.

»Woher hat er dann die Schulterverletzung?«

»Ich habe extra den Doc gefragt«, erklärte ich. »Es ist mit an Sicherheit grenzender Wahrscheinlichkeit nicht die Bißwunde eines Hundes. Aber der Arzt hält es für möglich, daß der Mann zu nahe an einem Explosionsherd stand, wo ihm umherfliegende Trümmer die Wunde zugefügt haben. Also gab es doch eine Explosion!«

»Wieso kann es der Pförtner dann bestreiten?«

Ich zuckte mit den Achseln. »Frag mich was Leichteres, Phil!« bat ich und blies Rauch zu dem zwei Finger breit geöffneten Wagenfenster hinaus. »Hier ist alles so verworren und widerspruchsvoll, daß ich überhaupt nichts mehr verstehe.«

Wir rauchten unsere Zigaretten zu Ende. Als die Stummel im Schnee verglühten, sagte ich entschlossen: »Komm! Jetzt bringen wir den Pförtner dazu, daß er endlich seine Bude aufschließt und uns Rede und Antwort steht. Ich habe es satt, hier rumzusitzen und auf ein Wunder zu warten.«

»Vielleicht ist das Wunder schon unterwegs«, meinte Phil und zeigte an mir vorbei.

Ich wandte den Kopf. Durch den tiefen Schnee rollte fast lautlos ein rosafarbener Cadillac Seville. Ein einzelner Mann saß darin. Er kümmerte sich nicht um uns.

»Lieber Himmel«, sagte ich. »Rosa! Wer kauft sich ein Auto in so einer Farbe, wenn er kein Hollywoodstar ist?«

Der teure Schlitten bog vorn um die Ecke und rollte nach Süden, also in Richtung auf das Pförtnerhäuschen. Ich drehte den Zündschlüssel und ließ die Kupplung so bedächtig kommen, daß mir bei meinen 265 Pferdestärken nicht die Räder durchdrehten. Langsam, wie es der tiefe Schnee gebot, folgte ich dem großen Wagen.

Er hielt vor dem Pförtnerhäuschen. Ein schlanker Mann in einem schwarzen Pelzmantel mit einer Russenmütze, ebenfalls aus schwarzem Pelz, stieg aus. Er wollte auf das Pförtnerhäuschen zugehen, blieb aber stehen, als er uns kommen sah. Ich fuhr den Jaguar bis fast an die Stoßstange ans Heck des Cadillac und stieg aus.

Der Mann hatte ein von der Kälte gerötetes, glattrasiertes Gesicht, das nicht viel älter wirkte als 38 Jahre. »Wollen Sie zu mir?« fragte er.

»Gehören Sie zu dieser Firma?« fragte ich zurück.

»Ich bin der Leiter des Instituts.«

»Professor Jackson?«

»Ja.«

Inzwischen war auch Phil ausgestiegen. Wir traten an den verblüffend jungen Professor heran und stellten uns vor.

Er schüttelte uns die Hand und erklärte: »Ich wollte schon vor drei Stunden hier sein, aber ich hatte verdammtes Pech. Die Batterie war leer. Nun treiben Sie mal in der Nacht von Sonntag auf Montag droben in Yonkers eine Werkstatt auf!«

»Warum wollten Sie so früh hier sein?« fragte ich.

Er lachte. »Na, Sie sind gut! Sie sagten doch, daß Sie vom FBI sind, nicht wahr?«

»Richtig. Hier sind unsere Ausweise.«

Wir hielten ihm beide die aufgeklappten Etuis hin. Er betrachtete sie flüchtig und nickte. »Mir war klar, daß der FBI hier sein würde«, sagte er. »Bei uns auf dem Gelände ist irgend etwas explodiert. Der Pförtner rief mich kurz nach zwei an und meldete es. Ich habe ihm eingeschärft, daß er niemand sonst verständigen soll.«

»Warum das?«

»Mr. Cotton, wir arbeiten fürs Pentagon, und zwar an einer höchst geheimen Sache. Wir können nicht einfach ein Dutzend gewöhnliche Polizisten bei uns rumlaufen lassen. Das ist mit dem Sicherheitsbeauftragten des Pentagon so besprochen: Wenn irgend etwas passiert, verständige ich unmittelbar das Verteidigungsministerium, und die unterrichten ihrerseits den FBI. Wenn ich über den juristischen Kram richtig informiert bin, darf auf diesem Gelände sowieso nur die Bundespolizei tätig werden, denn das Grundstück ist Eigentum des Bundes.«

»Wenn das so ist, haben Sie recht«, sagte ich. »Aber wenn es nun einen Verletzten gegeben hätte?«

»Danach habe ich den Pförtner selbstverständlich als erstes gefragt. Aber es war keine Menschenseele auf dem Gelände.«

Phil und ich tauschten einen stummen Blick. Aber wir sagten noch nichts von dem Verwundeten, dessen blutige Spur wir durch den Schnee verfolgt hatten.

Professor Jackson klingelte den Pförtner heraus, der das Tor aufschloß. Neben ihm stand wachsam ein zottiges, mächtiges Exemplar von einem deutschen Schäferhund, der uns aufmerksam betrachtete, aber keinen Ton von sich gab, solange sein Herrchen alles in Ordnung fand.

Wir fuhren auf das ziemlich große Gelände. Auf den ersten Blick konnte man erkennen, wo es gekracht hatte. Halb rechts hinter dem Pförtnerhäuschen stand ein niedriger Bau mit einem flachen Dach. Es mußte der Bau sein, von dessen Dach der Verletzte über den Zaun gesprungen war. An der Vorderfront des niedrigen Gebäudes gab es ein gezacktes Loch an der Stelle, wo einmal eine Metalltür gewesen war. Reste von Hohlsteinen lagen verstreut im Schnee.

Der junge Professor wollte sich von den Trümmerbrocken keinen Kratzer in sein teures Auto machen lassen und hielt deshalb weit genug von dem Gebäude entfernt an, so daß er keine möglichen Spuren vernichtete. Phil und ich wollten gerade aus dem Jaguar aussteigen, als das Ruflämpchen des Sprechfunkgerätes anfing zu flackern.

Phil zog das Mikrofon aus der Halterung und sagte: »Wagen Cotton. Was ist los?«

»Eine Zivilstreife der City Police verlangt dringend nach euch. Wir geben das Gespräch rein!«

Es knackte ein paarmal. Aus dem Lautsprecher drang ein atmosphärisches Knistern und dann die jugendliche Stimme Hank Goodars: »Hallo, Mr. Cotton, Mr. Decker! Ich glaube, wir haben die Kerle, die heute früh mit einer Maschinenpistole auf Sie geschossen haben!«

Es war kurz nach sieben Uhr früh, als Johnny O'Connor das große Gebäude des Herald betrat. Er trug einen zerknitterten Anzug wie immer, einen speckigen Filzhut wie immer, aber er trug auch einen dunkelblauen Kamelhaarmantel – und das war dem Pförtner neu.

»Hallo, Johnny!« sagte er grinsend. »Du hast dich ja so fein gemacht!«

»Was habe ich?« fragte Johnny verdutzt und sah mißtrauisch an sich herab.

»Der Mantel! Ist er neu?«

»Was für . . . ach so. Nein, Bob, der ist gute 20 Jahre alt. Aber ich habe ihn höchstens zehnmal angehabt in all den Jahren.«

»Bist du aus dem Bett gefallen?« fragte der Pförtner, der Johnny schon seit Jahrzehnten kannte.

»Ich bin noch gar nicht drin gewesen. Ob's um diese Zeit irgendwo 'nen heißen Kaffee gibt?«

»Weil du's bist, Johnny, besorge ich dir welchen von unseren Putzfrauen. Wo möchtet du ihn hinhaben?«

»Ins Archiv, Bob. Ich lege nur dem Chef vom Dienst einen Zettel auf den Schreibtisch. Dann werde ich ein paar Stunden im Archiv zu tun haben.«

»Okay, Johnny. Ich schicke dir eine Kanne Kaffee ins Archiv.«

»Nach mir bist du der beste Mann im ganzen Hause«, lobte Johnny und durchquerte die Halle, um mit einem der Fahrstühle hinauf ins 11. Stockwerk zu fahren.

Dort betrat er ein riesiges Großraumbüro, das um diese frühe Morgenstunde still und verlassen war. Hinten links war eine abgetrennte Glaskabine für den Chef vom Dienst. Johnny setzte sich an den nächstbesten Schreibtisch, nahm die Haube von einer elektrischen Schreibmaschine und spannte ein Blatt Papier ein. Er schrieb:

An Jim Hancock, den lausigsten Vorgesetzten, den ich je hatte. Hör zu, Jim: Ich weiß, daß du mich lieber von hinten als von vorn siehst. Deshalb werde ich dir einen Gefallen tun: In der nächsten Zeit kannst du nicht mit mir rechnen. Gib alles, was anfällt, unserem Nachwuchs, damit die auch mal arbeiten! Ich bin hinter einer Geschichte her, die ihr lausigen Stümper nie zusammenbekämt. Erhol dich gut in den Tagen, die du mich nicht sehen wirst! Johnny.

Er überflog den Text und hämmerte zwei Zeilen dazu:

P. S.: Laß einen saftigen Batzen auf meinem Spesenkonto bereithalten. Große Storys kosten gutes Geld.

Zufrieden zog er den Bogen aus der Maschine, brachte ihn in die Glaskabine und legte ihn mitten auf den Schreibtisch, der unter 80 Schreibtischen in dieser Etage der einzige aufgeräumte war.

Johnny fuhr sechs Etagen abwärts und betrat ein zweites Großraumbüro, das wie die Registratur einer großen Firma eingerichtet war, die rechtzeitig auf elektronische Datenverarbeitung umgestellt hatte. Überall standen Computer mit den großen Magnetbändern.

In der Mitte des Saales gab es zwei aneinandergeschobene Schreibtische. Einer war unbesetzt. Am anderen saß Black Boy Billy, von den Kollegen nur BBB genannt, der dunkelhäutige Vietnam-Veteran, der den linken Arm verloren hatte.

»Bist du krank, Johnny?« fragte er, als der alte Polizeireporter das Archiv betrat.

»Sehe ich so aus?« fragte Johnny.

»Ja. Blutunterlaufene, leicht geschwollene Augen, graue Gesichtsfarbe, unrasiert . . .«

»Hör auf! Ich habe einen Kater und war noch nicht im Bett, das ist alles. Hör mir genau zu, du verdammter Hundesohn! Wir beide werden unsere schlauen Köpfe zusammenstecken und alles zusammentragen, was es in diesem Archiv über eine gewisse Firma, ihre Geschäftsbeziehungen und alle ihre Angestellten überhaupt nur gibt. Aber wenn du zu irgendeiner Menschenseele ein Sterbenswörtchen verlauten läßt, nehme ich ein Lebenslänglich in Kauf und massakriere dich! Klar?«

Der Farbige bekam große Augen. Er war lange genug beim Herald, um zu wissen, daß von ihm nur Verschwiegenheit erwartet wurde, wenn es um ein heißes Eisen ging.

»Wunderbar«, seufzte er glücklich. »Endlich mal ein bißchen Aufregung in diesem langweiligen Saftladen. Wem schauen wir auf die Finger?«

Johnny sah sich um. Erst als er sicher war, daß es außer ihnen beiden wirklich niemand sonst im Raume gab, beugte er sich zu dem Farbigen vor und sagte leise: »Der Regierung der Vereinigten Staaten!«

Es schneite, als ob sich der Schnee von fünf Jahren angesammelt hätte und nun in einem Durchgang herunter müßte. Die Autos an den Straßenrändern waren eingeschneit. Hin und wieder sah man Leute Schnee von einem Wagendach schaufeln und anschließend den Kopf schütteln, weil sie das falsche Auto erwischt hatten. Klügere ließen den fahrbaren Untersatz gleich stehen und strebten dick vermummt der nächsten Subway Station zu. Wer doch so verrückt war, Auto zu fahren, tat es im Schrittempo wie wir.

»Ich kann mir nicht vorstellen, daß sie die Burschen wirklich haben«, sagte Phil. »Woran sollten sie sie erkennen?«

»Vielleicht haben sie sich ein Schild umgehängt: *Wir haben versucht, zwei G-men umzubringen?*«

»Deine Witze waren auch schon besser.«

»Man wird älter.«

Ich gab Blinkzeichen nach rechts, ging noch ein bißchen mit der Geschwindigkeit herunter, obgleich wir sowieso schon krochen, und schlug das Steuer mit dem Fingerspitzengefühl eines Chirurgen ganz sanft nach rechts ein. Zufrieden sah ich, wie der Jaguar brav die Rechtskurve nahm und seine hübsche Vorderfront in die Willis Avenue hineinschob.

Wir fuhren so weit rechts, wie es die Schneeberge von den geparkten und nun eingeschneiten Autos überhaupt erlaubten. Aber natürlich kam uns einer entgegen, der sich für den einzigen hielt, der bei einer solchen Witterung in New York das Recht hatte, sein Auto zu benutzen. Er war halb auf unserer Seite, aber er war so schlau, daß er wie ein Wilder aufs Gaspedal trat.

Seine Räder drehten durch. Das Heck rutschte langsam noch mehr zu uns herüber. Aber er kam wenigstens nicht mehr weiter. Ich hatte nur ganz zart das Gas zurückgenommen. Wir waren zum Glück langsam genug gefahren. Deshalb tippte meine Stoßstange ihn nur sehr zart in die Seite.

»Können Sie denn nicht aufpassen?« schrie das etwa 18jährige Bürschlein, als es herausgesprungen war.

Phil und ich stiegen ebenfalls aus. »Schon mal was davon gehört, daß in Amerika Rechtsverkehr herrscht?« fragte ich gelassen. »Was wollen Sie eigentlich auf der Gegenfahrbahn?«

»Sie hätten ja bremsen können!« kreischte er.

Ich hatte keine Lust, ihm Vorlesungen über den Umgang mit Autos bei heftigem Schneefall zu halten. Also gab ich Phil nur einen Wink, und wir schoben das Heck seines klapprigen Ford zur Seite.

Er tobte noch ein bißchen herum, aber wir ließen ihn stehen, stiegen wieder ein und setzten unsere Fahrt fort. Bis hinauf zur 142nd Street waren es noch acht

Blocks. Aber bei diesem Wetter war jeder einzelne Block ein Abenteuer für sich. Trotzdem erreichten wir unser Ziel ohne weitere Zusammenstöße.

Den neutralen Wagen der Zivilstreife sahen wir, als wir schon fast auf einer Höhe mit ihnen waren. Sie mußten gerade gekommen sein, als ein Laternenparker seinen Platz geräumt hatte, so daß sie eine Lücke am Straßenrand bekommen hatten. Jetzt war weit und breit nichts dergleichen in Sicht. Phil winkte den drei zivilen Cops im Wagen zu, während ich vorsichtig nach rechts in die 142nd Street einbog und es kurzerhand mit der nächsten Einfahrt probierte.

Ich hatte Glück, denn wir kamen auf einen Hof, wo es noch Platz für drei Autos gegeben hätte. Ich stellte den Jaguar an der Wand des rechten Seitenhauses ab, verschloß ihn und klappte den Mantelkragen hoch. Wenn das mit dem Schnee so weiterging, würde es in New York mit Sicherheit ein Verkehrschaos geben.

Wir gingen zu Fuß zurück zu den drei Cops. Sie saßen alle drei auf der vorderen Sitzbank. Einer stieß uns die hintere Tür auf, damit wir einsteigen konnten. Wir taten es.

»Sehen Sie den dunkelbraunen Buick Century da vorn?« fragte Hank Goodar sofort.

Ich verdrehte die Augen. »Aber es war ein dunkelblauer Plymouth«, wandte ich ein.

»Ein dunkelgrüner Dodge«, verbesserte Phil.

Hank Goodar drehte sich nach hinten um und schlug vor: »Wollen wir nicht die Farbe aus dem Spiel lassen, Mr. Cotton? Sie haben selbst gesagt, daß es dunkel war, als man aus dem Wagen auf Sie schoß.«

»Okay«, gab ich nach. »Lassen wir die Farbe aus dem Spiel! Aber was ist mit dem Fabrikat?«

»Will, jetzt bist du dran«, sagte Goodar zu einem seiner Kollegen.

Nun wandte uns der blonde Junge mit den Sommersprossen sein Gesicht zu. »Sir«, sagte er, »ich weiß nicht, ob es Ihnen schon mal aufgefallen ist: Das Styling von vier Wagentypen ist ziemlich ähnlich, jedenfalls so ähnlich, daß man es in der Dunkelheit verwechseln kann, noch dazu, wenn an den Wagen nur ein paar Sekunden zu Gesicht bekomt. Und zwar handelt es sich um den Dodge St. Regis, den Plymouth Gran Fury, den Mercury Monarch und den Buick Century.«

Ich gab mich geschlagen. »Nein«, sagte ich. »Darüber habe ich mir noch nie Gedanken gemacht. Aber selbst wenn wir annehmen, daß es bei uns ein Buick Century war, aus dem auf uns geschossen wurde – warum sollte es gerade der da vorn sein?«

Hank Goodar bewies, daß er sich Gedanken gemacht hatte. Er sah mich über die Rückenlehne des Vordersitzes forschend an und fragte: »Besteht der einzige Grund, diese Männer zu suchen, darin, daß sie auf Sie geschossen haben?«

»Wäre das kein ausreichender Grund?«

»Selbstverständlich«, gab er zu und grinste plötzlich. »Aber wenn es der einzige Grund wäre, glaube ich, hätten Sie es uns überlassen, die Männer zu stellen. Sie haben noch einen anderen Grund, der Ihnen viel wichtiger ist.«

Unwillkürlich mußte auch ich grinsen. Man begegnet nicht alle Tage einem jungen Cop, dessen Fähigkeiten schon fast dem Gedankenlesen nahe kommen.

»Ja, Mr. Goodar«, fragte ich, »was könnte denn der andere Grund sein?«

»Sie glauben, daß diese beiden Männer den Schwerverletzten ermordet haben, den wir zusammen im East River fanden. Und das interessiert Sie weit mehr als die Tatsache, daß ein paar Verbrecher auf Sie geschossen haben.«

»Mr. Goodar«, sagte ich respektvoll, »wenn Sie sich

je beim FBI bewerben möchten, dürfen Sie mit meiner Empfehlung rechnen. Und jetzt wollen wir uns so klug verteilen, daß die Kerle, wenn sie mit ihrem Frühstück endlich fertig sind und herauskommen, jedenfalls keine Möglichkeit haben, die Maschinenpistole in die Hände zu kriegen . . .«

Blutiges Intermezzo (I)

Bei normalen Wetter ist es in den belebten New Yorker Straßen kein Problem, ein paar Männer unauffällig zu verteilen. Aber im dicken Schneefall fällt natürlich jeder auf, der beschäftigungslos in der Kälte nur so herumsteht.

Zwei der Cops hatte ich in ihrem neutralen Wagen bleiben lassen für den Fall, daß es den gesuchten Männern doch gelingen sollte, in ihren Buick zu kommen. Phil hatte die Straße überquert, um ihnen diesen möglichen Fluchtweg abzuschneiden. Er beschäftigte sich damit, ein zugeschneites Auto mit den bloßen Händen vom Schnee zu befreien, als ob es sein eigener Wagen wäre. Da wir nicht wußten, wie lange wir auf die Männer zu warten haben würden, ließ er sich Zeit dabei und unterbrach seine Arbeit immer wieder, um sich warmen Atem in die frostklammen Hände zu blasen und mit den Füßen aufzustampfen. Er mußte harmlos wirken.

Hank Goodar, den Sprecher der jungen Cops, hatten wir in das Drugstore hineingeschickt. Er sollte hinter den Männern herauskommen und sie notfalls daran hindern, ins Drugstore zurück zu flüchten.

Ich selbst hatte mich neben den Eingang zum Drugstore so dicht an die Hauswand postiert, daß ich von drinnen nicht gesehen werden konnte. Nach allen Regeln polizeitaktischen Verhaltens hatten wir das Bestmögliche aus der Situation gemacht.

Wir standen ein paar Minuten fröstelnd herum. Dann änderte sich die vorgefundene Situation auf eine Weise, die wir nicht voraussehen konnten. Zwei etwa achtjährige Mädchen mit Schultaschen kamen um die Ecke der 142nd Street in meine Richtung und blieben höchstens sechs Meter vor dem Drugstore am Straßenrand stehen. Sie unterhielten sich lebhaft und schienen den Schneefall zu genießen.

In mir stieg eine Ahnung auf, die wenig später zur Gewißheit wurde. Von allen Seiten kamen achtjährige Kinder und versammelten sich an der Stelle, wo die beiden Mädchen standen. Die ersten Schneebälle flogen, und ein fröhliches Gekreische setzte ein.

Die Versammlung der Kinder konnte nur eins bedeuten: Das dort am Straßenrand stehende und völlig zugeschneite Verkehrsschild zeigte die Haltestelle eines Schulbusses an.

Mir wurde heiß. Wenn es hier zu einer Schießerei kam, waren die Folgen nicht abzusehen. Ich zerbrach mit den Kopf, wie wir die Situation ändern könnten. Aber der verdammte Schulbus ließ auf sich warten und nahm mir deshalb die Entscheidung nicht ab.

Wir mußten unser Vorhaben abblasen. Jetzt hatten sich schon ein Dutzend Kinder angesammelt, die natürlich nicht reglos an der Haltestelle herumstanden, sondern fröhlich im Schnee herumtollten und oft genug bis unmittelbar an den Drugstore herankamen.

Phil, der noch immer auf der anderen Straßenseite mit den bloßen Händen Schnee von einem eingeschneiten Auto schaufelte, hatte die Situation natürlich längst erkannt. Von ihm war kein unbedachtes Handeln zu befürchten. Es mußte nur ein Mann sofort verständigt werden, und das war Hank Goodar.

Aber der befand sich in den Drugstore, wo die beiden gesuchten Männer saßen. Und mich hatten sie heute nacht gesehen, als sie auf uns geschossen hatten. Wenn es überhaupt diese Männer waren!

Aber wenn sie es waren und mich wiedererkannten, würden sie es kaum für einen Zufall halten. Was taten sie dann? Würden sie es in einem Laden, in dem wer weiß wie viele unschuldige Leute herumsaßen, auf einen Schußwechsel ankommen lassen?

Ich gab mir selbst die Antwort: Ja, sie würden. Wer einen schwerverletzten Komplicen abknallt wie einen tollwütigen Hund, bei dem kann man keine Skrupel erwarten. Aber eher sollte es in dem Drugstore zu einer Schießerei kommen, entschied ich, als hier bei den herumtollenden, auf den Schulbus wartenden Kindern.

Ich machte einen Schritt auf den Eingang zu, von dem ich fünf Schritte entfernt war, da übernahm das Schicksal die Entscheidung.

Zwei Männer kamen heraus, die dunkle Wintermäntel und dunkle Hüte trugen. Sie waren knapp über 30, und man hätte sie für mittlere Angestellte halten können, wenn sie nicht beide von Narben aus früheren Kämpfen gezeichnet gewesen wären.

Der mir Nähere hatte irgendwann einmal hautnah Bekanntschaft mit einem Messer gemacht. Die rote Narbe lief vom linken Ohr bis zum Mundwinkel. Dem anderen war ein Nasenbeinbruch nicht richtig behandelt worden. Nun saß seine breitgeschlagene Knollennase schief im Gesicht. Sie waren wachsam wie alte Wölfe, die in hundert Kämpfen mit den Rivalen gelernt hatten, daß nur Mißtrauen sie noch am Leben erhält.

Sie hatten noch keine drei Schritte von der Hauswand her getan, als der mit der Narbe stehenblieb und den anderen am Ärmpel zupfte. Er sagte leise etwas. Jetzt schauten sie beide hinüber auf die andere Straßenseite, wo Phil wieder mit den bloßen Händen Schnee vom bereits halb freigelegten Auto schaufelte. Hatten sie uns in ein paar Sekunden droben an der Locust Avenue so deutlich gesehen, daß sie Phil jetzt wiedererkannten?

Mir blieb keine Zeit zum Nachdenken, denn alle beide fuhren mit ihren rechten Händen in den Mantelausschnitt. Kein Polizist, der länger als eine Woche in New York Dienst getan hat, kann den Sinn dieser Bewegung mißverstehen.

Ich riß den Revolver aus der Schulterhalfter und rief: »Hände hoch! FBI!«

Der mit der Narbe fuhr herum, schnell wie eine zustoßende Klapperschlange. Und er hatte einen schweren Colt in der Hand. Leben und Tod war die Frage eines Sekundenbruchteils. Ich drückte ab, bevor er seinen Colt aus nächster Nähe auf mich abfeuern konnte.

Er wurde wie von einer Riesenfaust rückwärts gestoßen. Zugleich schrien irgendwelche Leute. Aber es drang nur wie von fern in meine Ohren, so sehr hallte noch der Krach meiner Schüsse nach. Ich hatte auf seine Schulter gezielt, und ich mußte aufpassen, ob er nicht doch noch abdrücken konnte. Er war mit dem Rücken gegen ihren Wagen gestürzt, aber er versuchte tatsächlich, den schweren Colt noch einmal zu heben.

Man kann auch aus der Hüfte treffen und töten, wenn man Glück hat und die Entfernung gering ist. Deshalb zielte ich mit beiden Händen auf ihn, bereit, ein zweites Mal abzudrücken, wenn es ihm gelingen sollte, die Hand mit seinem Colt so hochzubringen, daß es Lebensgefahr für mich bedeutete.

Man sah seinem verzerrten Gesicht die Anstrengung an. Aber dann sank sein Arm kraftlos herab, und der schwere Colt fiel in den Schnee.

Das alles kann zwei, höchstens drei Sekunden gedauert haben. Aber diese winzige Zeitspanne hatte ausgereicht, um die ganze Situation entscheidend zu verändern.

Von links rollte fast lautlos der Schulbus an den Gehsteigrand. Ein paar Frauen kreischten aus Angst um die wie gelähmt stehenden Kinder.

Inzwischen war der mit der Knollennase am Kühler ihres Buick angekommen und hatte sich geduckt. Jetzt sprang er plötzlich zurück auf den Gehsteig und riß ein achtjähriges Mädchen in einem knallroten Winteranzug an sich.

»Hört auf zu schießen!« brüllte er mit einer grellen Stimme. »Oder ich schieße die Kleine nieder!«

Er hielt sie mit dem linken Arm an seine Brust gedrückt und drückte ihr die Mündung einer großen Automatik ans rechte Ohr.

»Lassen Sie das Mädchen los!« rief ich und ließ meinen Revolver mit ausgestreckten Armen fallen. Von rechts, von der Hauswand her, war Hank Goodar in mein Blickfeld geraten. Als ich sah, daß er seine Dienstwaffe in der Hand hielt, rief ich schnell: »Lassen Sie den Revolver fallen, Goodar!«

Er zögerte zwei Herzschläge lang. Aber dann fiel auch seine Waffe lautlos in den Schnee, und er hob die Hände.

Knollennase schob sich mit dem Rücken am Buick entlang auf seinen verletzten Komplicen zu. Noch immer drückte die großkalibrige Mündung seiner Automatik gegen das Ohr des erschrockenen Mädchens.

»Lassen Sie das Kind los!« sagte ich eindringlich, aber er schien mich gar nicht zu hören.

Er wandte ganz kurz den Kopf zu seinem Kumpan, fragte leise irgend etwas und bekam eine für uns genauso unhörbar bleibende Antwort. Er sah sich blitzschnell um.

Der Schulbus hatte an der gewohnten Stelle angehalten, und die Kinder drängelten sich am Einstieg, so daß sie wenigstens aus der unmittelbaren Gefahrenzone wegkamen. Ich hatte es zu meiner Erleichterung gesehen.

Aber da geschah vor unseren Augen die Katastrophe.

Knollennase zog die Automatik vom Ohr des Kindes weg, setzte sie seinem verletzten Komplicen an die Schläfe und drückte ab. Wieder schrien Leute. Aber da rannte der Mörder auch schon, das kleine Mädchen noch immer an sich gepreßt und die Mündung der Waffe nun wieder auf den Kopf des Kindes gerichtet, zu dem vorderen Einstieg des Schulbusses und drängte sich rücksichtslos an den letzten Kindern vorbei in den Bus.

»Oh, großer Gott«, sagte Hank Goodar neben mir und hob seinen Revolver auf.

Auch ich bückte mich nach meinem Smith & Wesson und schob ihn zurück in die Schulterhalfter.

»Geben Sie's über Ihren Sprechfunk ans Hauptquartier durch!« rief ich Goodar zu. »Das Kennzeichen des Busses! Aber ja nichts unternehmen! Der Kerl richtet ein Blutbad unter den Kindern an, wenn der Bus angehalten wird! Verstanden?«

»Klar, G-man!« rief Goodar und rannte hinab zu der Stelle, wo ihr neutraler Dienstwagen stand. »Folgt dem Bus in gehörigem Abstand!« rief ich ihm nach und sah ihn nicken.

Inzwischen war Phil über die Straße gekommen.

»Verflucht noch mal«, schimpfte er, »was machen wir denn jetzt?«

»Ich habe keine Ahnung«, gab ich zu. »Ich habe verdammt noch mal keine Ahnung!«

Die letzten Kinder waren eingestiegen, und der Bus fuhr vorsichtig an. Dem Fahrer blieb ja keine Wahl. Der neutrale Wagen mit der Zivilstreife nahm die Verfolgung auf. Als sie an uns vorbeifuhren, sah ich, daß einer das Mikrofon des Sprechfunkgeräts in der Hand hielt.

»He, Jerry«, sagte Phil und zupfte mich am Ärmel. »Der lebt ja noch!«

Wir trauten unseren Augen nicht. Der Mann hatte meine Kugel im Schultergelenk und die seines Komplicen im Kopf. Aber er hatte die Augen aufgeschlagen und sagte mit erschreckend klarer Stimme: »Und ich dachte, er wäre mein Freund . . .«

Ich kniete mich neben ihm in den Schnee. Wenn er auch bei vollem Bewußtsein war, so konnte es doch über seinen Zustand keinen Zweifel geben. Die grauen Schatten, die in sein vernarbtes Gesicht getreten waren, verrieten alles.

»Was wolltet ihr in dem Institut?« fragte ich ihn leise, während Phil sich alle Mühe gab, die Menge der Neugierigen zurückzudrängen, die sich in Windeseile um uns angesammelt hatte.

Über seine braunen Augen flatterten stumpfe Schleier. Aber noch einmal gewannen sie Klarheit, und ich wiederholte eindringlich meine Frage.

Seine Lippen bewegten sich zuerst völlig lautlos. Dann nahm er seine letzte Kraft zusammen, wollte sogar den Kopf ein wenig heben und sagte klar und deutlich:

»Es dreht sich . . . dreht sich alles . . . um . . . um das . . . das Golden Girl . . .«

Ein Zucken ging durch seinen Körper, und die stumpfen Schleier vor seinen Augen kamen wieder. Aber diesmal blieben sie.

IV

Es war 8.50 Uhr, als die Mordkommission wieder abfuhr. Die Leiche war zum Schauhaus gebracht worden, genau wie die andere vorher vom East River. Und genau wie bei diesem Toten hatte auch der vor unseren Augen erschossene keine Papiere bei sich getragen, die eine Identifikation ermöglichten.

»Komm, alter Junge!« sagte ich zu Phil. »In keinem Dienstvertrag steht der Satz, daß G-men nichts essen dürfen. Wir frühstücken jetzt.«

Phil klopfte sich Schnee vom Mantel und blies sich in die frostklammen Hände. »Sollten wir nicht zum SRL?« fragte er.

»Dort sind längst die Kollegen von der Spurensicherung am Werk, die wir über Sprechfunk angefordert hatten, als wir hierher unterwegs waren. Besser, als die es machen, können wir es auch nicht.«

Wir waren gehörig durchgefroren, als wir das Drugstore betraten. Ein paar Männer saßen an den langen Theken und tranken Punsch. Als wir auf den hohen Hockern Platz nahmen, verstummten ihre Gespräche. Wahrscheinlich hatten sie durch die Fenster beobachtet, daß wir irgend etwas mit der Polizei zu tun haben mußten. Sie starrten uns neugierig an. Wir bestellten ein Frühstück für erwachsene Männer, und ich ließ mir zwei Päckchen Zigaretten dazu geben.

»Würd' Sie gern mal was fragen«, brummte ein älterer Mann in einem roten Overall neben mir.

»Fragen ist erlaubt«, sagte ich. »Aber uns sind manchmal die Antworten verboten.«

»Sie gehören zur Polizei, was?«

»Ja.«

»Und der, der umgelegt wurde, auch?«

»Nein. Der gehörte nicht zu uns.«

»Habt ihr ihn umgelegt?«

»Haben Sie's nicht durchs Fenster gesehen?«

»Doch.«

»Was fragen Sie dann?«

»Ich möchte nur wissen, was die Knallerei zu bedeuten hatte, Mister.«

»Das möchten wir auch gern wissen. Hier drin waren zwei Männer, die wir gesucht haben. Wir wollten ihnen in einer bestimmten Angelegenheit nur ein paar Fragen vorlegen. Als sie rauskamen und uns sahen, hatten sie auch schon ihre Schießeisen in der Hand. Ich schoß einem in die Schulter, und ich hatte Glück, daß ich schneller war. Darauf schnappte sich der andere ein Schulkind, so daß wir nichts mehr gegen ihn unternehmen konnten, ohne das Mädchen zu gefährden. Er legte seinen Komplicen um und kletterte mit seiner Geisel in den Schulbus. Das ist der Stand der Dinge, Mister, und mehr kann ich Ihnen dazu leider nicht sagen.«

»Hab' ja auch nur mal gefragt«, brummte der stämmige Bursche und zog eine dicke Jacke über seinen Overall und verschwand.

Wir bekamen unser Frühstück und wollten uns gerade darüber hermachen, als Hank Goodar zur Tür hereinkam. Er entdeckte uns sofort und grinste zufrieden.

»Ich dachte mir, daß ich Sie vielleicht hier finden würde«, meinte er, als er neben uns stand. »Der Kerl ist uns leider entkommen.«

»Sie meinen den Mann aus dem Schulbus?« fragte ich überrascht, denn ich hatte als selbstverständlich angenommen, daß der Mann sich mit den Kindern erst einmal weit weg aus New York hinausfahren ließe.

»Ja. Er ließ den Bus einfach geradeaus fahren bis rauf zur Kreuzung mit der Third Avenue. Da ist eine Subway-Station. Der Kerl hatte lausiges Glück. Er ließ den Bus dort anhalten und mischte sich unter den Strom von Passanten, der in den Subway-Eingängen verschwand. Wir haben fast eine Stunde lang den ganzen Bahnhof abgesucht. Aber der Kerl war natürlich weg.«

»Haben Sie eine Beschreibung ans Hauptquartier durchgegeben?«

»Selbstverständlich. Einen Kerl, der vor unseren Augen einen Mann umbringt und nicht einmal davor zurückschreckt, Kinder als Geiseln zu nehmen, den darf man doch nicht frei herumlaufen lassen.«

»Ich bin völlig Ihrer Meinung, Kollege«, sagte ich. »Aber ich wette mit Ihnen, daß der Mann verschwunden bleibt.«

»Warum?«

»Weil hinter ihm jemand steht, der dafür sorgen wird, daß man ihn nicht verpfeifen kann. Entweder wird unser Mann bestens versteckt werden – oder man wird irgendwo auch seine Leiche finden.«

Phil hatte die Stirn gerunzelt und fragte: »Wie kommst du denn darauf, Jerry?«

»Weil hier ein ganz großes Spiel gespielt wird«, sagte ich überzeugt. »Ein Spiel, von dessen Ausmaßen wir uns noch gar keine Vorstellung machen. Aber jedenfalls ein Spiel, bei dem ein Menschenleben so gut wie nichts zählt. Vergiß trotzdem deine Rühreier nicht! Und der Kaffee wird auch kalt.«

Ich fragte den jungen Cop in Zivil, ob er eine Tasse Kaffee mittrinken wolle, aber er schüttelte den Kopf und verabschiedete sich. Allerdings ließ er uns sein Kärtchen mit der Telefonnummer des Reviers und seiner privaten zurück.

Ich steckte das Kärtchen ein, obgleich ich glaubte, es nie zu brauchen.

Drei Stunden lang hatte Johnny O'Connor vor dem Bildschirm gesessen und die vergrößerten Texte von Mikrofilmen gelesen. Häufig hatte er sich Kopien ziehen lassen. Jetzt nun rieb er sich erschöpft die Augen.

»BBB«, murmelte er.

Der farbige Vietnamveteran spitzte die Ohren. »Ja, Johnny?«

»Da ist was«, murmelte Johnny und ließ seine Hand klatschend auf den Stapel der Kopien fallen. »Das habe ich in der Nase. Da steckt eine Riesenstory drin. Vielleicht anders, als mein Gewährsmann heute nacht dachte, aber eine Story steckt drin. Aber eine, bei der man sich nicht nur die Finger verbrennen kann. Nein, BBB, da kann man sich unter Umständen sogar kalte Füße holen, eiskalte Füße – Leichenfüße nämlich.«

Der Farbige wurde blaß. »Mann, Johnny!« rief er. »Paß bloß auf!«

»Ja«, sagte Johnny ernst und nickte. »Genau den Gedanken hatte ich auch gerade. Aber so was kann man sich nicht entgehen lassen. Du weißt Bescheid, BBB: Kein Sterbenswort zu irgendeinem Menschen! Auch zu keinem aus dem Hause! Zu niemandem, verstanden?«

»Alles klar, Johnny. Versprochen.«

»Okay. Den Kram nehme ich mit.«

Johnny ergriff den Stapel der Kopien und fuhr mit dem Lift wieder hinauf ins 11. Stockwerk. Es war 9.45 Uhr vormittags, und noch immer lagen die Redaktionsräume öde und verlassen. Der Betrieb würde bestimmt nicht vor 11 Uhr anlaufen, und bis dahin wollte Johnny die Redaktion wieder verlassen haben. Daß ein alter Hase wie er als erster vormittags in der Redaktion aufkreuzte, hätte unter allen Umständen eine Menge neugieriger Fragen ausgelöst, und für die Beantwortung dieser Fragen war es nach Johnnys Meinung noch viel zu früh.

Er setzte sich an einen der zahllosen freien Schreibtische und überlegte. Als Polizei- und Gerichtsreporter hatte er seine Nase schon oft in gefährliche Geschichten hineinstecken müssen. Aber dies war vielleicht die Krönung aller Geschichten, die er je ausgegraben hatte. Da hieß es mehr als vorsichtig sein . . .

Er stand auf, ging auf und ab und überlegte, mit welchen Maßnahmen er sich schützen konnte, wenn die interessierten Kreise dahinterkommen sollten, daß er in dieser Sache recherchierte.

Schließlich fiel ihm etwas ein. Er nahm wieder an dem Schreibtisch Platz, zog die Schutzhaube von einer Schreibmaschine, spannte Papier ein und tippte zwar nur mit vier Fingern, aber mit der Geschwindigkeit des routinierten Reporters. Danach kramte er in den offenen Schreibtischladen, bis er Briefumschläge gefunden hatte. Er stopfte den getippten Bogen in einen Umschlag und schrieb darauf:

AN JERRY COTTON FBI NEW YORK

Nachdem er den Umschlag zugeklebt hatte, faltete er ihn in der Mitte auf seine halbe Größe zusammen. Danach nahm er ein zweites Blatt Papier und setzte sich wieder an die Schreibmaschine. Diesmal wurde es ein kürzerer Text. Er schob ihn zusammen mit dem ersten Umschlag in einen zweiten. Darauf schrieb er:

AN CHEF VOM DIENST: JIM HANCOCK

Als er auch den zweiten Umschlag zugeklebt hatte, fiel ihm noch etwas ein. Mit seiner großen, schwungvollen Handschrift fügte er hinter Hancock noch das Wort PERSÖNLICH an.

Und dieser kleine Zusatz wäre ihm fast zum Verhängnis geworden.

Für eine Strecke, zu der man unter normalen Umständen acht bis zehn Minuten gebraucht hätte, brauchten wir an diesem Montag mehr als eine halbe Stunde. Denn es schneite auch um zehn Uhr vormittags noch, und es sah nicht danach aus, als werde es in absehbarer Zeit aufhören.

»Wenn wir erst einmal im Distriktgebäude sind, bleibt der Jaguar stehen«, knurrte ich ärgerlich. »Heute kommt man zu Fuß genauso schnell vorwärts, aber das Risiko ist geringer.«

Phil hockte auf dem Beifahrersitz und starrte geistesabwesend hinaus in das weiße Treiben. »Ich versteh's nicht«, murmelte er.

»Was verstehst du nicht?«

»Warum er ihn vor unseren Augen erschossen hat! Er hatte ein Kind als Geisel! Er hätte sich damit den Rückzug auch für seinen verletzten Kumpan erzwingen können.«

»Gib's auf!« sagte ich. »Es gibt nun einmal Dinge, die man nie verstehen wird. Kannst du dich an den Zwölfjährigen erinnern, der den Brand in der 112. Grundschule legte?«

»Der mit einem anderen Jungen aufs Dach flüchtete, als die ganze Schule schon lichterloh brannte?«

»Ja. Du hast es doch genauso miterlebt wie ich. Die Feuerwehrmänner riskierten ihr Leben, um die beiden vom Dach zu holen. Aber der Junge stieß den anderen über die Brüstung, als die Feuerwehrmänner gerade auf dem Dach ankamen. Hinterher sagte er, er hätte nur mal sehen wollen, wie das aussieht, wenn da einer acht Stockwerke tief fällt. Die Psychiater werden eine Menge gescheites Zeug darüber in ihren Gutachten schreiben. Aber verstehen – verstehen, Phil, können die's auch nicht.«

Ich schlug vorsichtig das Lenkrad ein und nahm das Gas weg. Mein roter Jaguar rollte brav aus und blieb einen Meter vor dem Pförtnerhäuschen stehen. Das Tor daneben war wieder geschlossen. Wir stiegen aus und gingen zum Fenster mit der eingefügten Sprechanlage. Dahinter saß ein etwa 40jähriger, den wir noch nicht gesehen hatten.

»Wo ist Ihr Kollege?« fragte ich.

»Rick?« tönte es über die Sprechanlage zurück.

»Ich weiß nicht, wie er heißt. Ich meine den Pförtner, der heute nacht hier Dienst hatte.«

»Das ist Rick Donnovan.«

»Fein, und wo steckt er?«

»Der hat seit 8 Uhr Feierabend. Aber was geht Sie das an? Was wollen Sie denn von Rick?«

»Das fängt ja gut an«, brummte ich vor mich hin, während ich wieder einmal das Etui mit dem Dienstausweis und der -marke zückte. Ich legte es aufgeklappt in den Drehteller, den es unter dem Panzerglasfenster gab, und er drehte es sich hinein.

Nachdem er den Text langsam studiert und die Ähnlichkeit zwischen dem Foto und meiner Person geprüft hatte, fragte er: »Sind Sie die beiden G-men, die heute früh schon mit Professor Jackson gesprochen haben?«

»Stimmt, ja, das sind wir.«

»Dann darf ich Sie reinlassen«, meinte er huldvoll, ließ mein Etui wieder herausflutschen und fügte hinzu: »Sie brauchen am Tor nur zu drücken.«

»Schön. Aber Sie haben uns noch nicht gesagt, wo Ihr Kollege vom Nachtdienst abgeblieben ist.«

»Wo wird er schon sein nach zwölf Stunden Nachtdienst? Natürlich zu Hause.«

Er bedachte uns mit einem Blick, aus dem deutlich abzulesen war, daß er uns nicht für sonderlich intelligent hielt. Ich versuchte erst gar nicht, ihm zu erklären, warum sich ein Nachtwächter, dem während des Dienstes auf dem von ihm zu bewachenden Gelände eine Höllenmaschine hochgeht, zur Verfügung der Untersuchungsbehörden zu halten hat.

Wir gingen zum Tor, ich hörte es summen, und wir betraten zum zweiten Male in unserem Leben das Gelände des SPACE RESEARCH LABORATORY. Da es immer noch schneite, waren die entfernteren Gebäude kaum zu erkennen. Aber wir sahen die zwei neutralen Wagen, mit denen unser Spurensicherungsdienst und unsere Sprengstoffexperten gekommen waren. Wir wandten uns nach halbrechts und gingen zu ihnen.

Offenbar hatte Dave Petrulla hier die Leitung der Arbeiten übernommen, denn er kam uns entgegen und überfiel uns sofort mit der Frage: »Was Neues in der Sache mit der Flußleiche?«

»Ja«, erwiderte Phil knapp. »Sie hat Gesellschaft erhalten.«

Dave sah uns verständnislos an.

»Es hat eine zweite Leiche gegeben«, erklärte ich dem Kollegen und berichtete von dem Abenteuer in der Willis Avenue.

Dave hörte gespannt zu und schüttelte am Ende den Kopf. »Ihr seid sicher, daß der erste Mann hier auf dem Grundstück gewesen ist?« fragte er danach. »Der Mann, den wir tot aus dem East River gefischt haben?«

»Was heißt sicher?« fragte ich zurück. »Die Spuren deuten darauf hin, und sie sind nach meiner Meinung eindeutig. Das schließt natürlich nicht aus, daß man sich täuschen kann.«

»Das ganze ist verdammt geheimnisvoll«, brummte Dave und schob sich den Hut ins Genick. Er trug Handschuhe, klatschte aber trotzdem die Hände gegeneinander, um sie zu wärmen. »Wißt ihr, wieviel Sprengstoff hier hochgejagt worden ist?«

»Auf dem Gebiet sind wir keine Experten«, sagte Phil.

»Deswegen haben wir euch ja kommen lassen«, fügte ich hinzu.

»Mindestens 20 Kilo«, sagte Dave.

Ich stieß einen leisen Pfiff aus. Wir waren inzwischen auf das niedrige Gebäude mit dem flachen Dach zugegangen. Auf seiner rechten Schmalseite standen sechs Mülltonnen, die inzwischen alle weiße Hauben aufhatten.

»Deshalb ist er trotz seiner Verletzung auf das Dach gekommen«, sagte ich und machte Phil auf die Mülltonnen aufmerksam, bevor ich mich wieder an Dave Petrulla wandte. »20 Kilo? Was für eine Sorte?«

»Endgültiges können wir erst nach der Untersuchung im Labor sagen, aber es sieht ganz danach aus, als ob es gewöhnliches Dynamit war.«

»Natürlich«, sagte ich und ließ meinen Blick über die herumliegenden Reste von Hohlsteinen gleiten, die jetzt längst alle mit einer dicken Schneeschicht überzogen waren. »Gewöhnliches Dynamit! Warum habt ihr Experten für uns Praktiker nicht mal etwas Gescheites?« Dave fühlte sich in seiner Expertenehre gekränkt und wandte sich an meinen Freund: »Was meint er damit?«

»Dynamit wird bei uns verwandt in Steinbrüchen, bei Tunnel- und Kanalbauten, bei Straßenarbeiten und sogar von manchen Farmern, die ein Stück Wald roden wollen«, erklärte Phil geduldig. »Das bedeutet, daß es leicht erhältlich ist, daß aber sein Verbleib kaum genau nachgeprüft werden kann.«

»Ist das vielleicht meine Schuld?« fragte Dave gekränkt.

»Natürlich nicht, Dave«, tröstete ich. »Was habt ihr denn sonst noch herausgefunden?«

Jetzt trat ein breites Grinsen in sein Gesicht. Also hatte er doch noch etwas im Sack, was uns bei unseren Ermittlungen vielleicht voranbringen konnte.

»Das ganze Gelände wird von den Laternen an den Peitschenmasten beinahe taghell ausgeleuchtet«, sagte er und machte eine umfassende Geste über das ganze Gelände hin. »Wir haben uns davon überzeugt: Es gibt keinen Meter Zaun, der nicht hell ausgeleuchtet ist und im Pförtnerhaus nicht auf den vielen Kontrollmonitoren zu sehen wäre.«

»Die haben Kameras stehen?« fragte ich und runzelte die Stirn.

»Aber sicher, Jerry. Wie gesagt: Es gibt keinen Meter Zaun und keine Ecke, die nicht auf einem Monitor erscheint und deutlich zu sehen ist.«

»Na, wie, zum Teufel, haben dann die Kerle 20 Kilo Dynamit auf das Gelände gebracht?«

»Siehst du, Jerry, das fragen wir uns auch. Und das ist doch eine hübsche Aufgabe für euch, das herauszufinden. Aber es kommt ja noch besser.«

»Sprich's aus!« sagte ich seufzend. »Mich kann in dieser Geschichte nichts mehr überraschen.«

»Nichts überraschen?« schnappte Dave sofort wie ein hungriger Hai. »Wettest du einen Dollar, daß doch?«

»Ich wette zehn«, sagte ich leichtsinnigerweise.

»Zehn gegen eins, angenommen«, verkündete Dave und zeigte auf die Verwüstungen, die die Explosion an der nach innen gebeulten Stahltür angerichtet hatte. »Stimmst du mir zu, daß sich kein Laie mit 20 Kilo Dynamit nur so aus Spaß abgibt?«

»Da stimme ich dir zu. Es kommt schon mal vor, daß Jugendliche eine Dynamitpatrone, die sie weiß der Himmel woher haben, anzünden und wegwerfen, um den Krach zu beobachten. Aber bei 20 Kilo wird es niemand riskieren.«

»Gut. Wir gehen also davon aus, daß hier niemand bloß mal so rumgespielt hat, sondern daß bestimmte Leute mit einer bestimmten Absicht das Dynamit auf irgendeine Art auf das Gelände und hier zur Explosion gebracht haben.«

»Von etwas anderem kann man ja gar nicht ausgehen«, sagte ich.

»Schön«, sagte Dave und hielt mir die offene Hand hin. »Gib mir die zehn Dollar, die du verloren hast!«

»Wieso? Wieso habe ich verloren? Den Beweis mußt du erst einmal antreten. Noch hast du mich nicht überzeugt.«

»Na schön«, sagte Dave und triumphierte. »Warum hat man da überhaupt 20 Kilo Dynamit hochgehen lassen?«

»Warum?« wiederholte ich. »Weil da eine Stahltür ist, die sie mit dem Dynamit aufkriegen wollten!«

»Im Gegenteil, Jerry, im Gegenteil!«, verkündete Dave Petrulla mit der ganzen Sicherheit des Fachmanns. »So wie der Sprengstoff verteilt war, mußten zwar eine Menge Steine in der Gegend herumfliegen, aber die Tür, Jerry, die Tür wurde gar nicht gemeint. Die sollte unter allen Umständen geschlossen bleiben!«

V

Das Zimmer Professor Jacksons hätte ebensogut in einem Versicherungspalast, bei einem Fernsehsender oder in sonst irgendeiner größeren Firma stehen können, wo es jede Menge von den Leuten gab, die man heute leitende Angestellte nennt. Es gab marineblauen Teppichboden, Stahlrohrmöbel, einen großen Schreibtisch mit einem ledergepolsterten Drehsessel dahinter und die übliche Sitzgruppe für Besucher.

Professor Jackson trug einen einreihigen dunkelgrauen Anzug mit zwei Seitenschlitzen und einen gelben Pullover, der am Hals soweit ausgeschnitten war, daß man die Seidenkrawatte mit dem makellosen Windsorknoten sehen konnte. Alles in allem wirkte er sehr englisch.

»Sind sie Engländer?« fragte ich denn auch, nachdem wir in den Sesseln in der Ecke am Fenster Platz genommen hatten.

»Nein. Wie kommen Sie darauf?«

»Ach, ich dachte nur so. Seit wann leiten Sie dieses Institut?«

»Ich habe es vor sieben Jahren gegründet. Damals gehörte es mir.«

»Heute nicht mehr?«

»Nein. Ich habe das ganze Institut, wie Sie es hier sehen, der Regierung verkauft.«

»Also sind Sie jetzt ein Angestellter der Regierung?«

»Wir alle hier sind es. Stört es Sie, wenn ich mir eine Pfeife anstecke?«

»Überhaupt nicht. Stört Sie's, wenn ich Zigaretten rauche?«

»Ganz und gar nicht.«

Jackson stand auf und ging zu seinem Schreibtisch. Aus einer Schublade brachte er eine Pfeife zum Vorschein, die er aus einem lederüberzogenen Topf stopfte. Ich nahm mir eine Zigarette aus meinem Päckchen und dachte: dafür, daß er das alles einmal selbst und mit seinem eigenen Geld aufgebaut hat, nimmt er einen Sprengstoffanschlag ziemlich gelassen hin.

»Sie haben ja gesehen, was draußen passiert ist«, fuhr ich fort. »Haben Sie eine Erklärung dafür?«

»Überhaupt keine.«

»Einen Verdacht?«

Er zuckte mit den Achseln, während er ein brennendes Streichholz über seine Pfeife hielt und süßen Rauch in mächtigen Wolken zu mir herüberpaffte. Als der Tabak zu seiner Zufriedenheit brannte, sagte er:

»Verdacht? Na, da gibt es wohl nur einen: politische Hitzköpfe, Friedensbewegung, Radikale – etwas in dieser Richtung.«

»Hm«, brummte ich. »Das setzt voraus, daß man wüßte, was hier gemacht wird. Kann man das wissen?«

Jackson schüttelte lächelnd den Kopf. »O nein, nein, das kann man nicht wissen. Da bin ich ganz sicher.

»Dann kann der Anschlag eigentlich auch nicht aus der Ecke gekommen sein, die Sie andeuteten, nicht wahr? Wenn die Leute nicht wissen, was hier stattfindet, warum sollten sie dann einen Anschlag darauf ausüben?«

Sein jugendlich wirkendes Gesicht zeigte prompt Verblüffung. »Donnerwetter«, sagte er. »Da haben Sie recht. Aber wer soll es dann sonst gewesen sein?«

»Hielten Sie einen Sabotageakt für ausgeschlossen, der von ausländischen Kräften ausgeführt wurde?«

Sein Gesicht wurde wieder ernst. »Nein«, sagte er leise, »das halte ich ganz und gar nicht für ausgeschlossen.«

»Warum?«

»Nun, lassen Sie es mich so formulieren: Wenn wir hier wirklich ernsthaft in unserer Arbeit beeinträchtigt würden, könnte das erhebliche Auswirkungen auf die Sicherheit der Vereinigten Staaten haben.«

»Ihre Arbeit ist also wichtig für die Sicherheit?«

Er wiegte den Kopf hin und her, zierte sich ein bißchen und meinte schließlich: »Nicht daß Sie denken, ich überschätzte das Institut und unsere Arbeit. Aber ganz objektiv gesehen, hängt von uns verdammt viel ab. In militärischer und darüber hinausgehend sogar in weltpolitischer Hinsicht.«

»Dann erklären Sie mir in groben Umrissen, was Sie eigentlich hier machen!«

»Tut mir leid, Mr. Cotton, aber das kann ich beim besten Willen nicht verantworten.«

»Hm. Haben Sie eine Vorstellung, wie es jemand fertigbringen kann, mindestens 20 Kilo Sprengstoff auf das Gelände des Instituts zu bringen?«

»Nein. Bis heute nacht hätte ich behauptet, daß es unmöglich sei.«

»Aber heute nacht war sogar ein Mann auf dem Gelände.«

»Wie kommen Sie denn darauf?« Ich hätte ihm von den Spuren im Schnee, von der Leiche im East River und von der Schießerei in der Willis Avenue erzählen können, aber ich tat es nicht. Kriminalbeamte sollen Fragen stellen, nicht Fragen beantworten.

»Wir haben eindeutige Beweise«, sagte ich. »Jemand war auf dem Gelände. So daß es jetzt natürlich nur noch zwei Möglichkeiten gibt: Entweder dieser Jemand hat den Sprengstoff gebracht und ist durch irgendein Versehen selbst in die Explosion geraten, oder dieser Jemand hatte mit dem Sprengstoff nichts zu tun. Auf jeden Fall gibt es diesen Jemand.«

»Mr. Cotton, Sie müssen sich irren. Wenn heute nacht jemand auf das Gelände vorgedrungen wäre, hätte der Nachtwächter das auf seinen Monitoren sehen müssen!«

»Der Meinung bin ich allerdings auch.«

»Aber er hat nichts gesehen! Sonst hätte er es mir doch sofort gesagt, als ich kam. Nein, er hätte es mir sogar gleich am Telefon gesagt, als er mich wegen der Explosion anrief. Oder war dieser Jemand erst lange nach der Explosion auf dem Institutgelände?«

»Nein. Er muß zum Zeitpunkt der Explosion hiergewesen sein.«

»Ich kann's einfach nicht glauben!« rief Jackson und paffte wieder ein paar mächtige Wolken aus seiner Pfeife.

»Sagen Sie, Professor«, fuhr ich fort, »gibt es viele Leute, die sich Ihre Post hier herschicken lassen?«

»Das kommt vor, vereinzelt.«

»Auch Zeitungen?«

»Wir haben vom Institut einige Fachzeitschriften bestellt. Aber es ist natürlich möglich, daß der eine oder andere privat etwas dazubestellt hat, was ihn interessiert. Darüber weiß ich natürlich nicht Bescheid. Die Post wird vorn vom Pförtner in Empfang genommen und auf die Fächer verteilt.«

»Ah, es gibt Postfächer für die Angestellten?«

»Ja, sicher. Jeder hat ein Fach. Warum fragen Sie das?«

Ich spielte den Geheimniskrämer, indem ich mit den Achseln zuckte und vage sagte: »Oh, wissen Sie, am Anfang von Ermittlungen muß man so lange wie ein Blinder herumtappen, bis man eine verheißungsvolle Fährte gefunden hat. Wie viele Angestellte gibt es hier überhaupt?«

»Wir beschäftigen einschließlich Pförtner, Hausmeister und ähnlichem Hilfspersonal insgesamt 164 Personen.«

»Da Sie sagten, daß Sie alle für die Regierung arbeiten, darf ich annehmen, daß alle Personen hinsichtlich ihres Sicherheitsrisikos überprüft wurden?«

»Ja, und zwar ziemlich gründlich, das können Sie mir glauben.«

»Wer hat denn diese Überprüfungen durchgeführt?«

»Oh, irgendwelche Leute aus Washington. Leute von der Regierung, natürlich.«

Das war ein bißchen seltsam. Im allgemeinen bedient sich die Bundesregierung ihrer Bundespolizei, also des FBI, wenn sie Leute mit Blick auf ihre Unbedenklichkeit in Sicherheitsfragen überprüfen läßt. Aber ich war sicher, daß der FBI New York diese Überprüfung hier nicht vorgenommen hatte. Je genauer man sich mit diesem SPACE RESEARCH LABORATORY beschäftigt, um so mehr stieß man auf Ungewöhnliches – und das macht einen Kriminalbeamten natürlich mißtrauisch und neugierig zugleich.

Ich drückte meine Zigarette aus und seufzte. »Professor«, sagte ich, »für den Augenblick wäre das erst einmal alles. Wir sehen uns bestimmt wieder, wenn wir beim Studium der Personalakten sind. Da gibt es mit Sicherheit Rückfragen.«

»Beim Studium der Personalakten?« wiederholte er. »Welcher Personalakten?«

»Die Personalakten aller 164 Personen, die hier arbeiten.«

Er senkte den Kopf, schüttelte ihn leise, legte die Pfeife in den großen Kristallaschenbecher und sah mich danach fest an. »Das tut mir leid«, sagte er. »Aber von mir werden Sie unsere Personalakten nicht bekommen.«

Johnny O'Connor hatte Hunger bekommen. Er stopfte das Bündel Kopien, das er sich im Archiv seiner Zeitung hatte machen lassen, in die innere Manteltasche, knöpfte den Mantel bis zum Hals hinauf zu und trat in das Schneetreiben hinaus. New York lag unter einer dichten, dicken Schneedecke, und noch immer fielen die weißen Flocken aus dem lichtgrauen Himmel in endloser Folge.

Johnny klappte den Mantelkragen hoch und stapfte durch den von zahllosen Passanten vor ihm festgetretenen Schnee. Bei diesem Wetter brauchte nur noch irgendein Elektrizitätswerk auszufallen, und die Katastrophe war vollständig. Aber Johnnys Gedanken waren nicht bei dem Wetter.

Er ging in das Drugstore, wo er nachts seinen Spezialkaffee zu trinken pflegte, wenn er aus Andy's Bar kam. Am Vormittag war er hier nur höchst selten, und deswegen kannte ihn auch niemand von der Frühschicht. Es war Johnny nur recht. So konnte er um so ungestörter seinen Gedanken nachhängen.

Er besellte ein kräftiges Frühstück mit gebratenem Speck und Rühreiern und schob sich danach in die öffentliche Telefonzelle im Hintergrund des Lokals. Er hatte schon das Telefonbuch von Manhattan in der Hand, als ihm einfiel, daß das SPACE RESEARCH LABORATORY ja in der südlichen Bronx zu Hause war. Johnny griff sich das ein wenig dünnere Verzeichnis der Bronx. Er schrieb die Nummer in sein kleines Notizbuch, denn er war sicher, daß er sie in den nächsten Tagen und womöglich Wochen noch häufiger brauchen werde. Schließlich wählte er sie.

»Space Research Laboratory«, sagte eine unpersönliche Frauenstimme. »Wen wünschen Sie?«

»Wenn ich das wüßte«, brummte Johnny. »Hier ist die Northern Insurance. Ihr Laden ist bei uns versichert, und wie ich höre, hat es bei euch gekracht . . .«

»Augenblick, ich verbinde Sie mit dem Organisationsbüro.«

Johnny grinste zufrieden. Jedenfalls hat sie nicht gesagt, daß es nicht gekracht hätte, dachte er.

Dann war da eine neue Frauenstimme in der Leitung: »Organisationsbüro, Melburn. Was kann ich für Sie tun?«

»Northern Insurance«, log Johnny zum zweiten Male und fuhr in routinemäßigem Tonfall fort: »Es geht um die Schadensfeststellung. Sagen Sie, was war denn eigentlich los? Ich höre nur, daß irgendwas bei euch gekracht hat. Ist was in die Luft geflogen oder was?«

»So genau weiß ich das auch nicht. Ich habe nur gesehen, wie die Trümmer herumlagen, als ich heute früh kam. Es sieht schon aus, als ob irgend etwas explodiert ist. Am besten, Sie sprechen mit dem Chefsekretariat. Ich verbinde Sie weiter. Augenblick!«

Abermals knackte es ein paarmal in der Leitung. Dann drang eine selbstbewußte, kühle Frauenstimme an sein Ohr: »Van Heeren. Mit wem spreche ich bitte?«

»Bridgeport, Northern Insurance. Es geht da um diese Explosion.«

»Worum?« wurde er kühl unterbrochen.

»Um die Explosion, die bei euch heute nacht . . .«

»Mister!« sagte die kühle Frauenstimme noch um einige Grade eisiger, »ich weiß nicht, wovon Sie sprechen. Außerdem bin ich sicher, daß unser Institut keine Versicherungen bei der Northern Insurance laufen hat. Lassen Sie sich das nächste Mal etwas Gescheiteres einfallen, Mister Wie-auch-immer!«

Die Leitung war unterbrochen. Johnny legte auf und grinste breit. Das war eine Bilderbuchauskunft. Es hatte eine Explosion gegeben. Beweis: umherliegende Trümmer, die von untergeordneten Angestellten gesehen wurden, als sie zum Dienst kamen. Die Geschichte war faul und sollte vertuscht werden. Beweis: Die Chefsekretärin wußte angeblich von nichts. Klarer konnte man einen erfahrenen Reporter gar nicht darauf hinweisen, daß er auf der richtigen Fährte war.

Johnny setzte sich an die hohe Theke und machte sich über sein Frühstück her. Normalerweise hätte er um diese Zeit noch keinen Bissen hinuntergebracht, aber normalerweise wäre er um diese Zeit auch erst aufgestanden. Wie viele Leute, die regelmäßig abends ihr Quantum Alkohol schlucken, konnte er morgens kurz nach dem Aufstehen noch nichts essen.

Aber heute war er ja schon seit Stunden unterwegs. Und überhaupt noch nicht im Bett gewesen, dachte er und stutzte. Denn er fühlte sich völlig wach. Wahrscheinlich war es die Gewohnheit, weil er um diese Zeit meistens aufstand. Die Müdigkeit würde sich bestimmt noch bemerkbar machen. Aber bis dahin mußte er noch einiges herausgefunden haben.

Er beendete sein Frühstück, zahlte und machte sich wieder zu Fuß auf den Weg. Bei diesem Wetter Ausschau zu halten nach einem Taxi schien ihm völlig sinnlos. Deshalb stieg er hinab zur Subway, fuhr wenige Stationen und kletterte wieder ans Tageslicht.

Er betrat die große Kneipe, die dicht am Subway-Ausgang lag. An der Theke und an einigen Tischen saßen Männer, die nicht aussahen, als ob sie etwas versäumen könnten. Aber Johnny hielt sich nicht im vorderen Gastraum auf, sondern durchquerte das große Lokal und stieß eine Hintertür auf.

Das Klicken von Billardkugeln wurde hörbar. Der Blick tat sich auf in einen Saal, in dem gut und gern 20 Billardtische Platz gefunden hatten. Aber um diese Zeit waren nur vier Tische in Betrieb. Johnny knöpfte seinen Mantel auf, schob den Hut weit zurück, wie er ihn am liebsten trug, und stopfte die Hände in die Hosentaschen. Er schlenderte langsam an den Tischen vorbei nach hinten zu dem letzten, an dem gespielt wurde.

Es war ein Pool-Billard, und zwei Männer spielten auf Gerade und Ungerade. Der eine hatte sich halb gegen einen Pfeiler gelehnt. Er war um die 50 Jahre alt, dick und trug protzige Ringe an den Wurstfingern. Der andere Spieler war 20 Jahre jünger, klein und drahtig. Er hatte eine dreckige Narbe am Kinn, und an seiner linken Hand fehlte der kleine Finger. Das beeinträchtigte jedoch sein Spiel nicht im mindesten, denn er räumte seine restlichen vier Kugeln weg und versenkte auch die schwarze im vorher bestimmten Loch.

»Alter Gauner«, sagte der Dicke gutmütig. »Du hast

verdammt viel gelernt. Wenn ich bedenke, daß ich es war, der dir's beigebracht hat!«

Der Jüngere bemerkte den Blick, mit dem der Dicke ihn auf Johnny aufmerksam machte, und drehte sich um.

»Tag, Al«, sagte Johnny ruhig.

Das Gesicht des angesprochenen Mannes verfinsterte sich. »Johnny«, stieß er leise hervor. »Johnny O'Connor.«

»Magst du ihn nicht?« fragte der Dicke freundlich. Aber seine Augen tasteten Johnny bereits wie einen unverhofft aufgetauchten Feind ab.

»Er ist einer von diesen verdammten Zeitungsschmierern«, sagte Al. »Aber ich kann leider nicht bestreiten, daß ich ihm etwas schuldig bin. Willst du kassieren, Johnny?«

»Wenn du was brauchst, Al«, mischte sich noch einmal der Dicke ein und brachte auch schon eine Rolle Geldscheine aus der Hosentasche zum Vorschein, »du kannst haben, was . . .«

»Es geht nicht um Geld«, sagte Al und legte seinen Billardstock auf den Tisch. »Also los, Johnny, sag, was du von mir haben willst!«

»Entschuldigen Sie, Mister«, sagte Johnny höflich zu dem Dicken, »aber das ist so eine Art vertraulicher Sache. Komm, Al, setzen wir uns da hinten für ein paar Minuten!«

Johnny zeigte zu dem einzigen gewöhnlichen Tisch, den es hier hinten gab. Er stand neben einer Metalltür, über der das Zeichen für einen Notausgang angebracht war. Al folgte ihm wortlos. Johnny zog sich einen von den drei abgenutzten Holzstühlen zurecht, die dort standen. Al setzte sich auf die Tischplatte.

»Wer ist Gino Cravelli?« fragte Johnny leise.

»Keine Ahnung«, erwiderte Al sofort.

»Dann finde heraus, für wen er in der letzten Zeit gearbeitet hat!«

»Gehört er zu einer Familie?«

»Das wurde mir gesagt. Er soll heute nacht für euren ehrenwerten Verein in der Südbronx einen Einbruch ausgeführt haben. Aber er ist dabei draufgegangen. Ich will wissen, worum es eigentlich ging. Und wer dahinter steckt.«

»Gino Cavelli?« wiederholte Al und kratzte sich an der kleinen Narbe an seinem Kinn.

»Cravelli«, verbesserte Johnny. »Mit R. Gib dir Mühe, Al. Wenn deine Informationen gut sind, sind wir quitt.«

Al hob den linken Arm und schaute auf einen 2000-Dollar-Chronometer. Er überlegte ein paar Sekunden. Dann murmelte er: »Ich werd's versuchen. Vielleicht muß ich ein paarmal telefonieren. Das kann ein Weilchen dauern.«

»Oh, ich habe Zeit«, meinte Johnny und streckte die Beine von sich. »Laß mir 'nen anständigen Whisky herschicken! Keinen gepanschten.«

»Hier gibt's 'nen wirklich guten«, versprach Al.

»Fein«, sagte Johnny und leckte sich über die Lippen.

Ihm war nicht entgangen, daß der Dicke am Billardtisch die ganze Zeit über zu ihnen geschaut hatte. Al blieb kurz bei ihm stehen. Dann verschwand er im vorderen Gastraum. Eine Minute später brachte ein Barkeeper ein breites Whiskyglas, eine saubere Serviette und sogar ein Glas Eiswasser. Er stellte es vor Johnny hin und meinte, als dieser bezahlen wollte: »Nein, Chief, das kommt von Al.«

»Netter Junge«, sagte Johnny und hob das Glas. Er schnupperte und verzog anerkennend das Gesicht. Der Whisky kam aus Irland.

Es vergingen fast 15 Minuten. Dann tauchte Al wieder auf. Aber er kam nicht allein. In seiner Begleitung befanden sich zwei kräftige Männer. Sie waren beide nicht älter als 30 Jahre, gutangezogen, aber die typischen Leibwächter. Vielleicht sogar Killer, dachte Johnny und verfluchte seinen Entschluß, hier allein aufzukreuzen.

»Das hätte ich dir nicht zugetraut, Al«, sagte er.

»Nicht was du denkst, Johnny«, sagte Al schnell. »Dir passiert nichts. Ehrenwort. Da ist nur jemand, der mit dir über diesen Gino Cravelli reden will.«

»Und wer ist dieser Jemand?«

»Mr. Spinker«, flüsterte Al ehrfürchtig.

»Ach, du verdammte Scheiße«, sagte Johnny tonlos.

Dann stand er auf und ging mit. Seine hängenden Schultern verrieten, daß er sich keinen Illusionen hingab . . .

Ich war aufgestanden und an ein Fenster getreten, das auf die freie Fläche zwischen den niedrigen Gebäuden des Instituts hinausging. Es schneite noch immer. Aber ich konnte die Kollegen sehen, die mit Bändern herumliefen und die Abstände zwischen den einzelnen Trümmerbrocken ausmaßen. Ich zündete mir eine Zigarette an, warf einen Blick auf meine Uhr und wartete geduldig. Die Frist, die ich mit Dave Petrulla verabredet hatte, war in 70 Sekunden abgelaufen.

Ich rauchte schweigend. Auch Professor Jackson hinter mir sprach kein Wort. Seitdem er mir die Aushändigung der Personalakten verweigert hatte, war eine gespannte Stimmung aufgekommen. Ich hatte nicht die Absicht, die Spannung zu mildern. Ganz im Gegenteil.

Jetzt nahm Dave Petrulla draußen trotz des anhaltenden Schneefalls den Hut ab und wischte sich mit dem Ärmel über die Stirn. Ich unterdrückte ein zufriedenes Grinsen, blieb aber am Fenster stehen und wartete. Nach zehn Sekunden nahm Dave abermals den Hut ab und wiederholte die Geste. Und nach weiteren zehn Sekunden tat er es ein drittes Mal.

Das reichte. Dave hatte mir alles Nötige signalisiert. Die dreimalige Wiederholung des vereinbarten Signals bedeutete nichts anderes, als daß sie mindestens drei Hohlsteinbrocken gefunden hatten, an denen Blut, vielleicht sogar Gewebefetzen und Fasern von einem dunkelblauen Stoff klebten. Der Tote im East River mit der schweren Schulterverletzung hatte keinen Mantel, aber einen dunkelblauen Anzug getragen.

Ich drehte mich um und drückte meine Zigarette in dem schweren Kristallaschenbecher aus, der auf dem Schreibtisch des Professors stand.

»Also wiederholen wir mal«, schlug ich vor. »Sie wollen mir nicht erklären, was in diesem Institut eigentlich gearbeitet wird. Sie wissen nicht, wie jemand es fertiggebracht hat, 20 Kilo Sprengstoff auf dieses Gelände zu bringen. Und Sie weigern sich, die Personalakten zu übergeben. Das ist so, ja?«

»Es tut mir leid, aber es ist so«, sagte der junge Professor.

Ich zeigte auf sein Telefon.

»Los!« sagte ich. »Rufen Sie in Washington an! Den Mann, die Frau oder die Dienststelle, die Sie heute nacht angerufen haben, nachdem Sie vom Pförtner oder vom Nachtwächter über die Explosion informiert worden waren.«

Jackson runzelte die Stirn. »Warum soll ich jetzt da anrufen?«

»Weil ich mit diesen Leutchen sprechen will«, sagte ich.

»Ich weiß nicht, ob ich das Recht habe, die Adresse preiszugeben«, murmelte er und spielte unschlüssig mit seiner Pfeife, die ihm inzwischen ausgegangen war.

»Professor«, sagte ich ernst, »ich gewinne allmählich den Eindruck, daß Sie den Ernst der Lage noch nicht ganz begriffen haben. Da draußen ist heute nacht bei der Explosion beinahe ein Mensch ums Leben gekommen.«

»Da kann gar keiner gewesen sein«, wiederholte er stur.

»Das wissen wir nun inzwischen besser«, widersprach ich. »Es war jemand da, und wir haben inzwischen Beweise dafür. Dieser Jemand wurde sehr schwer verletzt, schaffte es aber noch, auf die Mülltonnen da drüben und von da auf das Dach zu klettern. Er sprang über den Zaun und wurde offenbar von Komplicen erwartet. Die sahen seine Wunde und erkannten sofort, daß da ohne Krankenhaus nichts zu retten war. Krankenhaus aber konnten sie sich aus begreiflichen Gründen nicht leisten, denn dann wäre die Polizei verständigt worden. Also brachten sie ihren eignen Komplicen um.«

»Was reden Sie da für Schauergeschichten?« fragte Jackson, aber in seinem Gesicht stand Unsicherheit.

»Tatsachen, Professor, lauter Tatsachen«, sagte ich. »Aber keineswegs schon alle. Jedenfalls haben wir es bereits mit einem Mord zu tun. Von allem anderen ganz abgesehen. Und es ist mein Beruf, Professor, dafür zu sorgen, daß der Mörder zur Verantwortung gezogen wird.«

»Ich hindere Sie nicht daran.«

»O doch! Doch, doch, Professor, das tun Sie, und zwar ziemlich heftig. Da kann fast der Eindruck aufkommen, als hätten Sie etwas zu verstecken. Und deshalb mache ich Ihnen jetzt mein letzten Angebot, Mr. Jackson: Sie rufen auf der Stelle Washington an – oder ich nehme Sie wegen vorsätzlicher, fortgesetzter

Behinderung bundespolizeilicher Ermittlungen fest. Ich verspreche Ihnen, ich führe Sie in Handschellen ab – und zwar so, daß es möglichst viele Leute hier zu sehen bekommen.«

Jackson kaute auf seiner Pfeife herum. Er bedachte mich mit einem prüfenden Blick. Aber mein Gesicht verriet ihm nur allzu deutlich, daß es mir ernst war. Schließlich stand er auf, trat an seinen Schreibtisch und begann, eine endlose Nummernfolge ins Telefon zu tippen.

Als sich jemand am anderen Ende gemeldet hatte, sagte er: »Hier ist Jackson, New York. Ich wollte eigentlich nicht anrufen, aber hier ist ein FBI-Agent, der darauf besteht. Er wollte mich in Handschellen abführen, wenn ich es nicht tue.«

Am anderen Ende der Leitung sagte irgend jemand irgend etwas, und dann hielt mir Jackson den Hörer hin. Ich nahm ihn und sagte meinen Namen.

»Mächtig stark, Cotton, was?« ertönte eine spöttische Männerstimme.

»Sagen Sie Ihren Namen, oder ich lege auf und nehme Professor Jackson in Handschellen mit zum FBI. Anschließend gebe ich seine vorläufige Festnahme über unsere Presseabteilung bekannt. Wenn Ihnen das gefällt, brauchen Sie jetzt nur zwei Sekunden den Mund zu halten.«

»Sind sie wahnsinnig?« krächzte er umgehend durch die Leitung.

»Ihren Namen«, sagte ich stur.

»Ich bin Colonel Sheppard. Mann, was fällt Ihnen ein?«

»Colonel«, sagte ich ruhig, »ich habe keine Ahnung, was für einen Job Sie ausüben. Aber selbst wenn ich es wüßte, würde ich Ihnen keine guten Ratschläge geben, wie sie ihre Arbeit zu machen haben. Versuchen Sie dasselbe nicht bei mir! Ich bin Special Agent des

FBI. Ich bin es nicht erst seit gestern. Und ich habe in dieser Geschichte hier die Nase allmählich gestrichen voll. Ich möchte Ihnen folgende Fakten aufzählen: 1. Es sind mindestens 20 Kilo Sprengstoff hier hochgejagt worden. 2. Dabei wurde eine noch nicht identifizierte männliche Person schwer verletzt. 3. Diese verletzte Person wurde von einem Komplicen aus nächster Nähe erschossen und in den East River geworfen. 4. Bei dem Versuch, die Mörder dingfest zu machen, kam es zu einer Schießerei, in derem Verlauf einer der mutmaßlichen Mörder verwundet wurde. 5. Genau wie gehabt erschoß daraufhin der letzte Verbrecher seinen verwundeten Komplicen und entkam, indem er ein kleines Mädchen als Geisel nahm und als Fluchtgefährt einen ganzen, vollbesetzten Schulbus. Sind Sie so weit mitgekommen, Colonel?«

Aus der Leitung drangen ein paar krächzende Atemzüge, aber kein verständliches Wort.

Also fuhr ich fort: »Das ist ein ganzer Sack voll von Gründen, warum wir unsere Ermittlungen mit Nachdruck betreiben müssen. Aber Ihr lieber Professor Jackson hier scheint zu glauben, daß er mit uns ein bißchen Trapper und Indianer spielen kann. Auf alle wichtigen Fragen verweigert er genaue Antworten. Die Herausgabe der Personalakten lehnt er ebenfalls ab. Da sehe ich nun nur noch zwei Möglichkeiten. Entweder Sie machen ihm klar, daß er gefälligst mit uns zusammenzuarbeiten hat – oder ich rufe auf meine Verantwortung hin eine Pressekonferenz zusammen, erläutere alle bisher entstandenen Fakten und begründe, warum ich mich zum ersten Mal in meinem ganzen Leben weigere, einen FBI-Auftrag auszuführen. Die Artikel, Rundfunk- und Fernsehkommentare, die danach zu erwarten sind, werden so viele Wellen hochpeitschen, daß Ihnen noch im fernen Washington die Füße naß werden, Colonel. Das garantiere ich Ihnen. Ich bin ein G-man, Colonel – keine Witzfigur, die Ihr Professor mit Ihrer Rückendeckung verarschen kann!«

So, nun war es heraus, was sich innerhalb der letzten Stunde in mir angesammelt hatte. Vielleicht hätte ich es auch eine Nummer kleiner machen können, aber dazu war es jetzt zu spät.

»Mr. Cotton«, sagte der Colonel, »ich bitte Sie um Entschuldigung. Ich hatte ja keine Ahnung . . .«

»Geschenkt«, sagte ich. »Bringen Sie's Ihrem Professor bei!«

»Halt! Bleiben Sie noch dran!« rief der Colonel hastig. »Was haben Sie in dieser Sache bis jetzt gegenüber der Presse verlautbart?«

»Noch gar nichts. Bisher hat nämlich noch niemand etwas von dem Braten gerochen. Wahrscheinlich weil auch die City Police nichts erfahren hat. Wenn wir uns ein bißchen anstrengen, gelingt es uns vielleicht, die Presse völlig aus der Sache herauszuhalten.«

Ein Hüsteln drang durch die Leitung. Dann sagte der Colonel zu meiner Überraschung:

»Nun, ich weiß nicht, ob wir das tun sollten. In einer Demokratie gehört eine freie Presse gewissermaßen zu den verfassungsmäßigen Einrichtungen, nicht wahr? Also die Tatsache dieses seltsamen Anschlags auf das Institut sollten wir der interessierten Öffentlichkeit nicht verschweigen. Ich meine natürlich nur in dem Umfang, wie es Ihre Ermittlungen nicht behindert.«

Es war verrückt. Alles an diesem SPACE RESEARCH LABORATORY war stinkgeheim. Aber daß eine Höllenmaschine hochgegangen war, darauf sollten wir die noch ahnungslose Presse mit der Nasenspitze stoßen! Ich traute fast meinen Ohren nicht. Aber bevor ich mich zu diesem überraschenden Vorschlag äußern konnte, bat der Colonel, ich möge Jackson den Hörer geben. Ich tat es, schüttelte noch einmal den Kopf und ging ins Vorzimmer.

Um Zeit zu sparen, hatte ich mit Phil vereinbart, daß er die Sekretärin ausfragen sollte, während ich mich mit dem Professor unterhielt. Die Sekretärin war eine junge Frau, wahrscheinlich knapp über 30. Sie hatte dichtes blondes Haar, das ihr in weichen Wellen bis weit über die Schultern fiel. Offenbar hatte sie Phil gerade irgendein Schreiben zeigen wollen, denn Phil stand neben ihrem Stuhl und hatte sich zu ihr hinabgebeugt, als ich die Tür zum Vorzimmer öffnete. Er fuhr auf, als wäre ein Killer hinter ihm her.

Damals dachte ich mir noch nichts dabei.

VI

Es fing schon am frühen Nachmittag an, dunkel zu werden. Phil und ich saßen im Dienstzimmer unseres Distriktchefs und erstatteten Bericht. Wir ließen nichts aus. Nicht die Leichen aus dem East River und von der Willis Avenue und auch nicht die seltsame Art der Zusammenarbeit, die uns Professor Jackson zugemutet hatte.

»Wie mir schon aus Washington telefonisch mitgeteilt wurde, Jerry«, sagte der Chef mit einem nur andeutungsweise vorhandenen Lächeln, »haben Sie sich Professor Jackson gegenüber mit erpresserischen Methoden durchgesetzt. Das muß ich mißbilligen, Jerry, wenn es tatsächlich so war.«

»Ich kann das nicht so sehen, Chef«, erwiderte ich. »Ich habe den Professor vor eine Wahl gestellt . . .«

»Nun, das wird wohl auch nicht so wichtig sein, daß wir dieses Thema vertiefen müßten. Wie stellt ihr euch die weitere Arbeit an dem Fall vor?«

»Fangen wir mit den beiden Toten an«, schlug ich vor. »In beiden Fällen haben wir die zuständige Mordkommission aus der Bronx eingeschaltet. Die Kollegen der City Police werden das als Mordfall bearbeiten. Sie werden also versuchen, die Toten zu identifizieren, und sie werden den Mörder ermitteln. Die Fahndung läuft bereits. Da er auch von den drei Mitgliedern der Zivilstreife deutlich gesehen worden ist, sollten wir diesen Teil der Arbeit ruhig der City Police überlassen.«

»Ich bin immer für eine vertrauensvolle Zusammenarbeit mit der City Police«, meinte Mr. High. »Lassen wir es in diesem Punkt also dabei! Was wollt ihr tun?«

»Zunächst einmal werden sich Dave Petrulla und die anderen Kollegen, die er mitgebracht hat, um die Spurensicherung und Auswertung des Sprengstoffanschlags kümmern. Vielleicht ist es möglich, Dave Petrulla und Richard Carpenter inzwischen von anderen Aufgaben zu entlasten.«

»In Ordnung«, entschied Mr. High. »Sagt ihnen Bescheid, daß sie eurer Sonderkommission zugeteilt sind!«

»Sonderkommission?« wiederholte ich mit einem Stirnrunzeln.

»Ja. Sagte ich das noch nicht?«

»Nein, Chef, das haben Sie noch nicht erwähnt«, sagte ich und schüttelte in Gedanken wieder einmal den Kopf. In diesem verrückten Fall ging anscheinend überhaupt nichts den üblichen Weg.

»Was ist noch zu tun?« fragte der Chef.

»Das überprüfen von 164 Personalakten«, brummte ich nicht gerade begeistert.

»Nehmt Steve Dillaggio und Zeery dazu!« ordnete Mr. High an. »Falls ihr im Zuge der Ermittlungen noch mehr Leute brauchen solltet, müßt ihr mir nur Bescheid sagen. Diese Sache hat absoluten Vorrang. Das ist nicht meine Entscheidung, sondern eine Entscheidung des FBI-Direktors persönlich.«

Nun verstand ich überhaupt nichts mehr. So eine ungeheure Haupt- und Staatsaktion war der Fall bisher doch nun weiß Gott nicht, daß sich der oberste FBI-Chef in Washington höchstpersönlich einschalten und sogar die Bildung einer Sonderkommission anordnen mußte! Gerade so, als ob der FBI sonst nichts zu tun hätte.

»Braucht ihr noch irgend etwas?« fragte Mr. High.

Wir schüttelten die Köpfe und verließen sein Dienstzimmer.

»Was sagst du dazu?« fragte ich Phil, als wir unterwegs zu unserem Office waren.

»Was soll ich dazu sagen?« erwiderte mein Freund. »Ich verstehe es einfach nicht.«

»Da haben wir etwas gemeinsam.«

Phil hustete laut, als wir unser Office betraten.

Ich gab ihm einen freundschaftlichen Schlag auf den Rücken. »Hört sich an, als hättest du dir eine Erklärung eingefangen, Phil. Wär' ja kein Wunder.«

»Ich fühle mich tatsächlich nicht sehr gut«, murmelte mein Freund. »Ich bin froh, wenn Feierabend ist.«

Ich sagte nichts dazu, schüttelte aber wieder einmal innerlich den Kopf. Das hatte ich bei Phil noch nicht erlebt, daß er auf die Uhr sah, um auszurechnen, wann die offiziellen Dienststunden beendet wären. Bei einem G-man ist es völlig unvorstellbar, daß er so etwas tut. Aber Phil tat es. Er mußte tatsächlich krank geworden sein.

Während Phil unsere Kollegen Steve Dillaggio und Zeerokah herbeitelefonierte, rief ich Dave Petrulla an, um ihm mitzuteilen, daß er sich um nichts anderes mehr zu kümmern hätte als um die sichergestellten Steinbrocken aus dem SRL.

»Es ist nämlich mit uns eine Sonderkommission eingesetzt worden, und ihr gehört dazu.«

Er wollte es zuerst nicht glauben. Es ging ihm wie mir vorher. Dann erzählte er mir, daß die Blutspuren an den Steinbrocken bereits analysiert würden und ebenso die Verbrennungsrückstände des Sprengstoffs. Auch die Textilfasern, die an einigen Brocken hafteten, würden einer gründlichen Untersuchung unterzogen.

»Okay. Alle Berichte wie üblich schnellstens zu Phil oder mir! Und wenn ihr nichts zu tun habt, meldet euch!« Ich legte den Hörer in dem Augenblick auf, als Zeery und Steve hereinkamen.

Wir weihten die Kollegen in den Fall ein, indem wir ihnen alles erzählten, was wir an diesem Montagnachmittag schon von der Sache wußten. Danach teilten wir den Berg Personalakten auf, so daß für jeden von uns genau 41 Aktenmappen blieben.

»Eigentlich hätten wir heute in dem Institut bleiben und das erste Dutzend der wichtigsten Mitarbeiter vernehmen sollen«, sagte ich. »Aber man stößt bei den Leuten auf wenig Entgegenkommen. Deshalb wollen wir erst ihre Personalakten durchgehen. Man kann sich mit den Leuten immer besser unterhalten, wenn man schon ein bißchen über sie Bescheid weiß.«

Steve und Zeery luden sich ihre Aktenberge auf und zogen sich in ihr Office zurück, während Phil und ich uns hinter unsere Schreibtische setzten und mit dem Papierkrieg anfingen.

Es war still und warm in unserem Office. Nur hin und wieder unterbrach ein rauhes Husten Phils die fast gemütliche Ruhe. Ich bemerkte, daß er immer häufiger auf die Uhr sah, sagte aber nichts. Vielleicht war es nur Zufall, daß seine Hustenanfälle kurz vor fünf immer heftiger wurden. Aber Punkt 5 Uhr stand er auf und griff zu seinem Mantel.

»Entschuldige, Jerry«, sagte er, sah mich dabei aber nicht an. »Ich gehe lieber nach Hause. Mir geht es wirklich nicht gut.«

Ein bißchen Erkältung wäre normalerweise kein Grund dafür gewesen, gleich das Handtuch zu werfen. Aber er tat es. Und ich folgerte damals allen Ernstes daraus, daß es ihm sicher schlechter gehen müsse, als ihm anzusehen war.

Dabei ging es dem Burschen in Wahrheit verdammt gut.

Es fing an, dunkel zu werden, und sie fuhren noch immer durch die verschneite Landschaft in New Jersey. Johnny O'Connor saß allein auf den bequemen hinteren Sitzpolstern eines schweren schwarzen Lincoln Continental. Johnny hielt die Fensterscheiben für schußsicheres Panzerglas, und vielleicht war sogar der ganze Wagen gepanzert. Ein Mann wie Spinker konnte sich so etwas zweifellos erlauben.

Auf den vorderen Sitzen hockten die beiden Gorillas, die Johnny aus der Billardkneipe abgeholt hatten. Sie mußten zufällig in der Stadt gewesen sein. Sonst hätten sie nicht innerhalb von zehn Minuten auftauchen können, nachdem Al telefonieren gegangen war.

Spinkers Leibwächter benahmen sich durchaus höflich. Sicher aber nur, weil Johnny keine Schwierigkeiten machte. Im anderen Falle – nun, es war besser, sich das gar nicht erst auszumalen.

»Wie lange dauert's noch?« fragte Johnny.

Der Fahrer warf einen Blick auf die Uhr. »Höchstens zehn Minuten«, erwiderte er.

»Es tut mir leid, Mister, aber bei dem Wetter! Der Boß hat ausdrücklich angeordnet, daß ich vorsichtig fahren soll.«

»Natürlich«, stimmte Johnny ironisch zu. »Ich

möchte schon gern lebend bei Mr. Spinker ankommen.«

Darauf bekam er keine Antwort. Er sah zum linken Fenster hinaus. Es war eine weihnachtliche Bilderbuchlandschaft, die sich seinem Auge bot. Unten, in einem langgestreckten Tal, zog sich ein dünner Fluß hin. Rechts und links stiegen die verschneiten Hänge empor zu einem dichten Nadelwald. Jeder einzelne Baum trug eine dicke Krone aus Schnee. Das brauchte man nur zu fotografieren, und man könnte es sofort als Weihnachtspostkarte drucken lassen, dachte Johnny.

Was will Spinker von mir? schoß es ihm wieder einmal durch den Kopf. Er hatte es sich schon 30mal gefragt, aber ihm war nie eine Antwort eingefallen. Spinker war der nahezu allmächtige Boß der Mafia in New Jersey. Es wurde sogar gemunkelt, daß er anfing, seine Hände über den Hudson hinweg nach Manhattan auszustrecken. Aber das konnte natürlich niemand beweisen.

Was, zum Teufel, hatte Spinker mit einem kleinen Ganoven zu tun, der vielleicht versucht hatte, in diesem Raumforschungsinstitut einzubrechen? Das war doch eindeutig New Yorker Gebiet. Und was konnte es dort schon für die Mafia zu holen geben? NASA-Firmen handelten doch nicht mit Rauschgift. Auch vermittelten sie keine Prostitution und veranstalteten keine Glücksspiele, weder legale noch illegale. Also was, beim Henker, suchte die Mafia im SPACE RESEARCH LABORATORY?

Und wenn wirklich die Mafia dort einen Einbruch versucht hatte, was ging es dann diesen Spinker an? Das konnte doch nur im Auftrag der Mafiafamilie geschehen sein, die den Stadtteil Bronx kontrollierte! Im allgemeinen respektierten die verschiedenen Mafiafamilien die abgesteckten Grenzen, damit es nicht wieder zu diesen spektakulären Gangsterkriegen kommen konnte wie in den 30er Jahren. Es war verdammt seltsam, daß Spinker dabei seine Hände im Spiel haben sollte . . .

Sie hatten einen kleinen Wald durchquert und fuhren jetzt auf einen Bungalow zu, der L-förmig gebaut war und seiner Größe nach für sechs Durchschnittsfamilien gereicht hätte. Die Zufahrtsstraße war deutlich als Privatstraße gekennzeichnet und mit einem Schlagbaum versperrt. Ein Wächter war nicht zu sehen. Der Schlagbaum reagierte offenbar auf ein elektronisches Signal, das der Fahrer mit einem Knopfdruck ausgelöst hatte. Auf der Straße mußte kürzlich noch Schnee geschaufelt worden sein, denn rechts und links türmten sich beiseite geworfene Schneemassen.

Als sie vor der riesigen Haustür hielten, zeigte sich erst die ganze imponierende Größe des Anwesens. Weit hinten an der linken Hausecke ragte ein Swimming-pool vor, der fast olympischen Anforderungen genügte.

Johnny stieg aus. Die große, massive Eichentür mit den schwarzen Eisenbeschlägen war nach innen aufgegangen. Ein schwarzhäutiger Butler in weißem Jakkett hielt die Tür auf. Sie gingen hinein.

Eine kreisförmige Halle von beachtlichem Durchmesser nahm sie auf. Der ebenfalls kreisrunde Teppich schien mit seinen zarten Blaufarben aus China zu stammen und mußte ein Vermögen gekostet haben.

Aber Johnny kam nicht dazu, die kostbare Einrichtung schon in der Halle genügend zu würdigen, denn der Butler hatte eine Tür aufgezogen und sagte: »Wenn Sie bitte hier eintreten möchten, Sir? Mr. Spinker erwartet Sie.«

Johnny nickte und stapfte über die Schwelle. Er hatte den Hut mit dem unübersehbaren Presseausweis unter dem Hutband wie immer weit ins Genick geschoben und ärgerte sich, weil er zugeben mußte, daß er beeindruckt war.

Der Raum, den er betrat, war ganz in Weiß gehalten. Die Farben kamen von den vielen Büchern und einigen wenigen Bildern. Ungefähr in der Mitte stand eine Sitzlandschaft, die für eine halbe Kompanie ausgereicht hätte.

Bequem in die Polster zurückgelehnt, saß dort ein Mann, der kaum älter als 45 Jahre sein konnte. Er war schlank, sah verdammt gut aus und trug saloppe Freizeitkleidung, der man trotzdem die Herkunft aus teuren Ausstattungsgeschäften ansah. Der Mann hatte unmodisch kurzgeschorenes dunkles Haar mit silbernen Fäden an den Schläfen. Sein sonnen- oder solarium-gebräuntes Gesicht ließ ein freundliches Lächeln erscheinen, als Johnny auf ihn zustapfte.

»Hallo, Johnny!« sagte er mit einer sympathischen, tiefen Männerstimme. »Ich darf Sie doch Johnny nennen? Wissen Sie, ich bin ein alter Bewunderer von Ihnen. Ihre Artikel sind so herzerfrischend lebendig geschrieben – wirklich, das können nicht mehr viele. Ich bin Spinker, das werden Sie sich natürlich schon gedacht haben, aber Sie dürfen Jepp zu mir sagen.«

»Jepp?« fuhr es Johnny gegen seinen Willen heraus.

Spinker zuckte mit den Achseln.

»Ja, bedauerlicherweise. Mein Vater ließ mich Giuseppe taufen, aber seit meiner Kindheit rufen mich alle Freunde Jepp. Das werde ich nicht mehr los. Wie ich hörte, bevorzugen Sie irischen Whisky. Das zeugt von Geschmack. Ich habe einen da, den Sie probieren müssen. Ich glaube, er ist über 40 Jahre alt.«

Johnny gab zu, daß er sich den Mafiaboß von New Jersey verdammt anders vorgestellt hatte. Bei diesem Mann war ja nicht einmal auszuschließen, daß er die vielen Bücher in den eingebauten Regalen gelesen hatte! Und mochte sein Geld auch auf krummen Wegen erworben sein – er verstand es jedenfalls, Reichtum in gediegene Kultur umzusetzen. Hier wirkte nichts protzig und neureich.

Johnny war so durcheinander, daß er ein paar Minuten brauchte, bis er sich wieder halbwegs gefaßt hatte. Und da saß er bereits neben Spinker und süffelte an einem Whisky, von dem man träumen konnte.

»Seit wann wissen Sie vom Golden Girl?« fragte Spinker und schien zur Sache kommen zu wollen.

»Wovon?« fragte Johnny und runzelte die Stirn.

»Nun, Johnny, bitte«, mahnte Spinker freundlich. »Wir wollen uns gegenseitig nichts vormachen. Wann und wo haben Sie zuerst vom Golden Girl gehört?«

Johnny setzte das Whiskyglas ab und schüttelte energisch den Kopf. »Ich habe keine Ahnung, von welchem Girl Sie sprechen«, bekannte er ehrlich. »Ist das ein Star am Nachtklubhimmel? Ein neuer Musicalstar vom Broadway?«

Spinker betrachtete Johnny aus leicht zusammengekniffenen Augen.

»Hm«, brummte er nach kurzem Überlegen, »ich glaub's Ihnen sogar.«

»Das können Sie auch glauben.«

Johnny trank den Rest Whisky aus und beschloß, zum Gegenangriff vorzugehen. Dieser Mann konnte mit einem Fingerschnipsen seinem Leben ein Ende setzen und wahrscheinlich dafür sorgen, daß Johnnys Leiche nie gefunden wurde. Und Johnny hatte durchaus keine Lust zu sterben. Aber genauso wenig war er bereit, einem Gangsterboß in den Hintern zu kriechen.

»Nicht doch«, sagte Spinker, »nicht doch, Johnny. Was Sie jetzt denken, ist zu primitiv. Al Capone ist lange tot, und seine Zeit ist mit ihm vergangen. Sie haben sich nach einem Mann namens Gino Cravelli erkundigt – beruflich?«

»Na, sicher doch«, schnaufte Johnny. »Privat verkehre ich nicht mit Ganoven.«

»Warum haben Sie sich nach ihm erkundigt?«

»Weil ich hinter einer Story her bin, Mann, was sonst?«

»Was für eine Story?«

Johnny seufzte, überlegte einen Augenblick und nickte dann. »Okay. Ich werd's Ihnen sagen, denn Sie werden mir ja keine Konkurrenz machen. Also passen Sie auf! Eins meiner Vögelchen zwitscherte mir heute nacht ins Ohr, daß dieser Gino Cravelli im Auftrag der Mafia versucht habe, in einem Laden einzubrechen, der für die Regierung arbeitet: im SPACE RESEARCH LABORATORY. Aber bei diesem versuchten Einbruch sei Cravelli draufgegangen, weil die Regierung das Gelände mit Selbstschußanlagen, Höllenmaschinen oder irgendwas in dieser Preislage abgesichert habe. Wenn das so ist, dann werde ich der Regierung Dampf machen, daß selbst dem Präsidenten das Wasser im Arsch kocht. Wir sind doch hier nicht in Sibirien!«

Giuseppe Spinker hatte Johnnys Zornausbruch zuerst mit gerunzelter Stirn beobachtet, dann hatte er sich zurückgelehnt und fassungslos den Kopf geschüttelt – und jetzt kicherte er plötzlich. Zuerst ein leises Kichern, dann ein Atemholen, ein lauteres Lachen – und dann erschütterte ihn ein Lachanfall, daß ihm die Tränen kamen.

Johnny sah ihn verwirrt an. Nun verstand er überhaupt nichts mehr.

Es war 6.50 Uhr, als ich die vierte Personalakte zuklappte und beiseitelegte. Vier von 41! Das war genau die Arbeit, die ich hasse: am Schreibtisch sitzen und Papierkrieg erledigen. Mit einem Seufzer griff ich nach der fünften Akte. Routinemäßig schaute ich auf den Namen:

DR. WILLIAM BELLWAY

Ich stieß einen leisen Pfiff aus. Dr. Bellway, sieh an! Der Mann, der eine gewöhnliche Tageszeitung früh um fünf oder sechs von einem Liliputaner aus einem Diplomatenwagen gebracht bekam. Mit einem größeren Interesse als bei den anderen machte ich mich an die Lektüre.

Es war eine ganz gewöhnliche amerikanische Akademikerlaufbahn, das völlig Übliche: High School, College, Universität. Aber immer überdurchschnittliche Zeugnisse. Spezialität: Naturwissenschaften. Fast genial in Physik. Doktortitel summa cum laude. Gleich von der Universität ins SPACE RESEARCH LABORATORY. Dort tätig seit der Gründung des Instituts.

Ich suchte Fleckchen auf dieser sauberen Karriere. Teilnahme an Studentenstreichen, die ein bißchen zu weit gegangen waren. Leichtsinnig gemachte Schulden. Irgend etwas.

Ich fand nichts. Dr. William Bellway mußte ein Musterkind, ein Musterschüler, ein Musterstudent gewesen sein. Eine Weste, weißer als frisch gefallener Schnee.

Gab es das?

Ich zündete mir eine Zigarette an und grübelte. Es ging auf 8 Uhr. Wir hatten zwar üppig gefrühstückt, aber das Mittagessen ausfallen lassen. Ich bekam Hunger.

Aber Dr. William Bellway ließ mich nicht los. Ich blätterte in meinem Notizbuch und wählte die Nummer des Instituts. Durch den Hörer drang die Stimme des Mannes, der mir heute früh aus dem verschlossenen Pförtnerhäuschen gesagt hatte, daß es keine Explosion gegeben hätte und ich mich in dringenden Fällen an Professor Jackson wenden müsse. Ich gab mir Mühe, meine Stimme ein bißchen zu verstellen.

»Hier spricht Dr. Cotton«, sagte ich. »Ich bin gerade aus Philadelphia angekommen und wollte meinen alten Studienfreund Bellway besuchen. Jetzt stelle ich fest, daß ich meinen Taschenkalender mit den privaten Adressen und Telefonnummern vergessen habe. Können Sie mir helfen, bitte?«

»Aber selbstverständlich, Herr Doktor«, versicherte der Nachtwächter entgegenkommend. »Aber um diese Zeit brauchen Sie es bei Dr. Bellway zu Hause gar nicht zu versuchen.«

»Wieso?«

»Dr. Bellway hat ein Abonnement zum Abendessen im MEXIKO STEAKHOUSE. Dort gibt es das Dinner aber erst ab 8 Uhr. Er wird also gerade beim Essen sein.«

»Aber dann könnte ich ihn doch dort erreichen, nicht wahr? Geben Sie mir die Adresse?«

»Die ist leicht zu finden, Sir. Ecke Willis Avenue und Bruckner Boulevard. Ganz bei uns in der Nähe.«

»Danke«, sagte ich und legte den Hörer auf.

Ich zog den Mantel an, stülpte den Hut auf den Kopf und fuhr mit dem Aufzug hinab. Am Nachmittag hatte es aufgehört zu schneien. Ich setzte das Rotlicht aufs Dach, bevor ich mit meinem roten Jaguar losfuhr. Ich brauchte nur die First Avenue, an den Vereinten Nationen vorbei, schnurgerade hinauf nach Norden zu fahren, die Willis Avenue Bridge zu überqueren, und schon war ich am Ziel. Da der Verkehr dünnflüssiger als sonst war, kam ich einigermaßen gut voran.

Aber es war doch 9.02 Uhr, als ich das mexikanische Speiserestaurant betrat.

Es war gut besucht – was bei einer Größe von etwa 200 Sitzplätzen und bei der Witterung schon etwas zu bedeuten hatte. Es gab einen Vorraum mit einer großen Bar und dahinter den eigentlichen Speisesaal mit knallroten Tischdecken und einigen Büffelköpfen an den Wänden. Sonst war es so uramerikanisch wie tausend andere Lokale in der Stadt. Nur die Ansammlung von Gewürzflaschen auf den Tischen erinnerte ein wenig an südländische Geschmacksnerven.

Ich hielt Ausschau nach dem Oberkellner und sprach schließlich einen Mann an, der die Aufsicht zu führen schien. Er war klein, dick und hatte sich eine rote Schärpe um den Bauch gewickelt.

»Dr. Bellway?« wiederholte er auf meine Frage. »Aber natürlich, der war doch eben noch – ah, da drüben sitzt er ja! An der Bar, der vierte Gentleman von rechts, Sir.«

»Danke«, sagte ich, aber er hörte es schon nicht mehr, denn irgend etwas im Speisesaal schien sein Eingreifen nötig zu machen. Er watschelte schnellen Schrittes durch den Mittelgang davon.

Ich stand in dem breiten Durchgang zwischen Bar und Lokal und zündete mir eine Zigarette an. Niemand kümmerte sich um mich.

Ich konnte Bellway von meinem Standort aus gut beobachten.

Dr. William Bellway war etwa 35 Jahre alt, vermutlich mittelgroß und hatte bemerkenswert abstehende Ohren. Er trug einen hellblauen Anzug mit einer nicht ganz passenden grün-grau gestreiften Krawatte. Rechts von ihm saßen drei Männer und links von ihm ein Pärchen, das sehr verliebt war. Ich wollte herausfinden, ob Bellway die Männer zu seiner Rechten kannte. Er nippte nur hin und wieder an einem gelblichen Cocktail, ohne sich je am Gespräch der Nachbarn zu beteiligen.

Aber jetzt tauchte ein blaßgesichtiger Mann auf, der sich zwischen Bellway und das Pärchen an die Theke schob. Er war älter als Bellway und wirkte auf eine schwer beschreibliche Art militärisch. Vielleicht war er ein Offizier in Zivil. Bei dem Barkeeper bestellte er etwas und bekam gleich darauf einen Whisky pur. Er zog eine Zigarettenpackung aus der Jackettasche, zündete eine an und legte die Schachtel auf die Theke, als er nach dem Whiskyglas griff. Er kippte den Drink in einem Zug und ging.

Und Bellway steckte die Zigarettenschachtel ein!

Ich sah dem Militärburschen nach, als er zur Garderobe ging. Er zog den linken Fuß ein wenig nach. In seinem hageren blassen Gesicht gab es zwei tiefe Furchen von den Nasenlöchern aus an den Mundwinkeln vorbei bis herab zum Kinn. An der Garderobe steckte er die gerade angezündete Zigarette in den Sandhaufen des dort stehenden Standaschenbechers.

Wenn man es sich recht überlegte, bekam Dr. Bellway alles auf eine recht seltsame Weise: die Zeitung von einem Liliputaner und die Zigaretten von einem Nichtraucher.

Der Mann wurde immer interessanter.

Die drei Männer rechts von ihm hatten offenbar genügend Appetitanreger konsumiert, denn sie räumten die Bar, um sich in den Speiseraum zu begeben. Ich nutzte die Gelegenheit und setzte mich einfach neben Bellway an die Theke auf einen der mit rotem Leder bezogenen Barhocker.

»Hi«, sagte ich.

Bellway nickte stumm und trank seine Cocktail aus. Der Barkeeper sah mich stumm an.

Ich zeigte auf Bellways Glas und sagte: »Dasselbe noch mal und für mich einen doppelten Scotch, pur on the rocks. Sie erlauben doch, daß ich Sie zu einem Drink einlade, Mr. Bellway?«

Er runzelte die Stirn. Seine Augenbrauen waren so hell, daß man sie kaum sah, was seinem Gesicht einen höchst seltsamen Ausdruck verlieh. »Sie kennen mich?« fragte er mit einer weichen Stimme, die für sein Alter ein bißchen zu hell klang.

Ich drückte meine Zigarette aus. »Kennen ist zu viel gesagt. Ich heiße Cotton, Jerry Cotton. Ich bin einer der G-men, die heute bei Ihnen im Institut Steinbrokken aufgelesen haben.«

»Ach«, sagte er erstaunt. »Das ist aber interessant. Diese Explosion war natürlich das Tagesgespräch. Haben Sie schon eine Spur oder so etwas?«

»Dazu ist es noch zu früh. Zuerst einmal müssen unsere Experten die Spuren auswerten.«

»Ich stell' mir das wahnsinnig interessant vor«, sagte Bellway.

Ich hielt ihm, obgleich ich gerade eine ausgemacht hatte, meine Zigarettenschachtel hin, aber er lehnte mit der Begründung ab, Nichtraucher zu sein.

Dann möchte ich verdammt gern wissen, schoß es mir durch den Kopf, was da in der Zigarettenschachtel ist, die dir der Militärmann vor fünf Minuten zugespielt hat. Unsere Drinks kamen, und ich sagte »Cheers«. Nachdem wir einen Schluck getrunken hatten, deutete ich auf das blonde Mädchen, das links von ihm saß und raunte: »Ein richtiges Golden Girl, was?« Er warf einen unauffälligen Blick zu ihr hinüber, wandte mir dann den Kopf wieder zu und erwiderte: »Nicht so schön wie unseres.«

»Welches?« fragte ich.

»Na, Sie haben doch ihren Spitznamen gebraucht! Also müssen Sie ihn doch schon bei uns im Hause gehört haben. Ich meine natürlich Leslie van Heeren, unsere Chefsekretärin!«

VII

Am Dienstagfrüh schneite es dichter als am Montag. Es war fast windstill. Die großen Flocken sanken sanft und lautlos aus einem milchgrauen Himmel.

Ich beschloß, den Jaguar in der Tiefgarage zu lassen. Wer bei diesem Wetter mit dem Auto fuhr, mußte von Anfang an stundenlange Verspätungen in Kauf nehmen, jedenfalls in einer Stadt wie New York. Ich beeilte mich, hinauszukommen. Diesmal war ich so schlau, Handschuhe anzuziehen. Man konnte kaum zehn Meter weit sehen, so dicht fielen die Flocken. Ich stapfte durch den Schnee und atmete tief die kalte Luft. Es fuhren weitaus weniger Autos in den Straßen als sonst, und sie kamen trotzdem weitaus langsamer voran als sonst. An jeder zweiten Ecke gab es mehr oder minder großen Blechschaden. Bei manchen Unfällen drängte sich einem die Frage auf, ob Autofahrer eigentlich vernunftbegabte Wesen sein können.

Ich erreichte die Ecke, wo Phil sonst immer zu mir in den Jaguar steigt, zu Fuß und fand sogar, daß es ein höchst erfrischender Spaziergang gewesen war. Man mußte nur warm genug angezogen sein.

Ein Blick auf meine Armbanduhr zeigte, daß ich ungefähr fünf Minuten zu früh dran war. Ich trat in einen Hauseingang und zündete mir die erste Zigarette des Tages an. Aus dem Schneetreiben tauchte ein Yellow Cab auf und hielt vor dem Haus, in dem mein Freund wohnte.

Und er war es! Phil stieg aus dem Taxi! Ich traute meinen Augen nicht. Er trug noch dieselbe Kleidung wie gestern. Also war er vermutlich die ganze Nacht nicht zu Hause gewesen. Er sah nicht nach rechts und nicht nach links, sondern hatte es verdammt eilig. Er verschwand im Haus – und es dauerte genau sieben

Minuten, bis er frisch rasiert und umgezogen wieder herauskam. Ich verließ den schützenden Hauseingang und stapfte auf ihn zu.

»Hallo«, sagte ich. »Ich habe den Jaguar zu Hause gelassen. Bei dem Wetter sind wir mit der Subway besser dran.«

»Ja, das ist eine gute Idee«, lobte Phil. »Wartest du schon lange?«

»Vielleicht zwei Minuten«, log ich, während wir schon nebeneinander her zur nächsten Subway stapften. »Wie geht's dir heute?«

»Mir? Wieso?«

Man konnte sein schlechtes Gewissen aus jedem Wort heraushören, aber ich tat, als sei alles wie immer.

»Deine Erkältung! Ist sie besser geworden?«

»Oh, nein, nicht eigentlich«, erwiderte Phil und hustete wie bestellt. »Wenn's so weitergeht, werde ich das ganze Wochenende im Bett bleiben.«

In welchem Bett, mit wem und aus welchem Grund? schoß es mir durch den Kopf. Aber ich sagte natürlich nichts. Vor uns rutschte eine Frau aus, fiel hin und verlor dabei zwei rote Köfferchen. Während ich ihr auf die Füße half, sammelte Phil das Gepäck ein. Sie bedankte sich, und wir gingen weiter.

»Das gibt ein Verkehrschaos«, meinte Phil.

Ich leckte eine Schneeflocke von meiner Unterlippe und brummte irgend etwas Zustimmendes. Die New Yorker sind zwar an solche Winter gewöhnt, aber woran gewöhnt man sich schon wirklich? Katastrophen sind immer brandneu. Und todsicher würden in diesen Tagen eine Menge Ganoven auf die Idee kommen, daß bei solchem Wetter auch die Polizei nicht so schnell sein kann wie sonst. Es würde wahrscheinlich mehr Einbrüche, mehr Raubüberfälle und mehr Plünderungen geben als gewöhnlich. Nun, das waren keine FBI-Geschichten und brauchte uns folglich nicht zu interessieren.

Wir mußten sehen, daß wir in einem Fall vorankamen, in dem einfach nichts stimmte. Es waren 20 Kilo Dynamit explodiert auf einem Gelände, auf das eigentlich niemand ungesehen vordringen konnte. Und es waren zwei Männer gestorben, weil der Dritte in ihrem Bunde dafür sorgte, daß keiner der Polizei lebend in die Hände fallen konnte. Ich blieb stehen und zupfte Phil am Ärmel.

»Was ist, Jerry?«, fragte er viel zu hastig. Offenbar gab es Fragen, von denen er fürchtete, daß ich sie ihm stellen würde.

»Ich bin dir ein paar Personalakten voraus«, sagte ich. »Deshalb schlage ich vor, daß wir uns trennen, damit wir schneller vorankommen. Du fährst ins Office und arbeitest weiter die Personalakten durch. Ich fahre hinauf in die Bronx und schau mich noch einmal gründlich in dem Institut um. Da gibt es noch eine ganze Menge unbeantworteter Fragen.«

Sonst hätte er zumindest den Vorschlag gemacht, daß wir darum knobeln sollten, wer was tat. An diesem Morgen war er sofort einverstanden. So kam es, daß wir uns unter der Erde trennten. Phil stieg in einen Zug, der in südliche Richtung fuhr, ich in den entgegengesetzten.

Ich stieg in der East 138th Street an der Ecke Brook Avenue aus. Hier herrschte nicht ganz so ein Gedrängel wie auf den Bahnsteigen in Manhattan, wo man in der Rush-Hour kaum noch Luft bekam, vor allem wenn so viele Leute auf ihr Auto verzichtet hatten wie heute. Als ich den Bahnsteig entlang zum Ausgang Brook Avenue ging, klatschte ein Plakatkleber gerade einen knallroten Steckbrief an eine Reklamewand. Unwillkürlich blieb ich stehen.

Ich hatte ihn insgesamt vielleicht nur eine Minute

lang gesehen, aber die schief verheilte Nase erkannte ich sofort wieder. Kein Zweifel: Das Foto auf dem Steckbrief zeigte den Killer, der in der Willis Avenue vor unseren Augen seinen Komplicen erschossen und das kleine Mädchen als Geisel genommen hatte, bevor er mit dem Schulbus verschwunden war. Die City Police hatte eine ganz hervorragende Arbeit geleistet, da sie ihn schon identifiziert hatten. Ich las:

WANTED! WANTED! WANTED!
STOVE BURR MERGUSON

32 Jahre alt, 1,79 m groß, ca. 84 kg schwer, Weißer, Amerikaner, mehrfach vorbestraft, besondere Kennzeichen: gebrochene Nase

WIRD GESUCHT
WEGEN GEISELNAHME
UND GEFÄHRDUNG DER ÖFFENTLICHEN SICHERHEIT

Für Hinweise, die zur Ergreifung des Gesuchten führen, hat der District Attorney eine Belohnung von $1000 ausgesetzt. Hinweise, die auf Wunsch vertraulich behandelt werden, nimmt jedes Polizeirevier entgegen.

Ich zündete mir eine Zigarette an, während ich die Stufen der Subway Station hinaufstapfte. Im allgemeinen ging das nicht so schnell mit dem Aussetzen einer Belohnung. Aber wahrscheinlich hatten gestern ein Dutzend schockierte Eltern bei der Polizei und der Staatsanwaltschaft wegen des für kurze Zeit entführten Schulbusses angerufen, und empörte Eltern sind immer auch empörte Wähler. Wahrscheinlich hatte das die Mühlen der Polizeiverwaltung und der Staatsanwaltschaft zu einer schnelleren Gangart veranlaßt.

Uns sollte es recht sein. Die Chance, den Killer zu finden, war dadurch ein bißchen größer geworden.

Vielleicht wurde das Bild sogar im Fernsehen gezeigt.

Draußen schneite es immer noch. Wo wenig Fußgängerverkehr war, lag der Schnee jetzt schon kniehoch. Ich brauchte fast eine halbe Stunde, um ganze fünf Blocks nach Süden zu kommen und von dort die paar 100 Meter bis zum Pförtnerhäuschen des Instituts.

Hinter dem Schalterfenster stand der etwa 40jährige Pförtner, der sich gestern vormittag gewundert hatte, daß wir mit dem Nachtwächter sprechen wollten. Als ich ihm mein Etui zeigen wollte, winkte er großzügig ab.

»Sie sind ein FBI-Mann, Sie waren gestern schon hier«, sagte er. »Wir haben Anweisung, mit Ihnen zusammenzuarbeiten.«

»Ach ja«, meinte ich. »Von wem denn?«

»Von Professor Jackson.«

Ich unterdrückte ein Grinsen. Daß ich da irgendeinem Colonel in Washington auf die empfindlichen Füße getreten war, hatte sich offenbar sehr zu unseren Gunsten ausgewirkt. Manchmal muß man Leuten, die keinen Widerspruch gewöhnt sind, nur nachdrücklich gegenübertreten, und sie verwandeln sich in hilfsbeflissene Staatsdiener.

»Fein«, sagte ich, »dann lassen Sie mich mal rein!«

»Sie brauchen nur gegen das Tor zu drücken, Sir.«

»Nein, nein«, sagte ich. »Ich will nicht aufs Gelände des Instituts. Jedenfalls vorerst noch nicht. Ich will zu Ihnen. Wie komme ich denn in Ihre kleine Festung?«

»Zu mir?« wiederholte er erschrocken. »Ja . . . eh . . . die Tür ist vorn, Sir . . . eh . . .«

Ich kehrte um die Ecke zurück zu der ins Gebäude hereingezogenen Tür, wo ich gestern früh die Zeitung gefunden hatte. Jetzt lag nichts herum, aber jetzt war es ja auch fast fünf Stunden später. Im Schloß klirrte ein Schlüssel. Dann quietschten zwei zusätzliche Riegel. Endlich ging die Tür auf.

Der Pförtner war sogar ein paar Zentimeter größer als ich, und er brachte mit Sicherheit auch ein paar Kilo mehr als ich auf die Waage. Durch die spiegelnde Scheibe des Schalterfensters hatte ich ihn nie gut genug zu Gesicht bekommen. Jetzt fiel mir auf, daß er eine Frisur trug, die heute weiß Gott nicht mehr in Mode war: millimeterkurz geschnittene Borsten.

Ich zählte zwei und zwei zusammen und fragte: »Marine-Infanterie? Ledernacken?«

»Ja, Sir!«

Er strahlte. Vielleicht würde ihm die gute Laune noch vergehen. Ich trat über die Schwelle und stampfte Schnee von meinen Schuhen. Wir befanden uns in einem winzigen Vorraum. Links stand die Tür zum Pförtnerraum offen. Aber nach rechts gab es auch noch zwei Türen.

»Was ist da?« fragte ich und zeigte auf die beiden Türen.

»Da ist ein kleiner Waschraum, und das da ist unsere Telefonvermittlung.«

»Gibt's keine Durchwahlnummern?« fragte ich interessiert. »Ich meine, wenn jemand von draußen anruft, muß der immer erst hier von der Vermittlung weiter verbunden werden?«

»Ja, Sir, so ist das.«

Das konnte interessant für uns sein, denn in diesem Falle mußte die Vermittlung ja wissen, wer von wem angerufen wurde. Natürlich konnte sie nicht jedes einzelne Gepräch im Kopf haben, aber immerhin.

In der Kabine des Pförtners mit dem großen Fenster zum Tor hin war es überheizt. Ich zog erst einmal meinen Mantel aus. Die Wand neben der Tür war von einem runden Dutzend von Monitoren zugebaut, auf deren Kontrollbildern einzelne Abschnitte des Maschendrahtzaunes zu sehen waren – soweit der dichte Schneefall überhaupt eine Sicht erlaubte.

»Ach so, ja«, begann ich. »Mein Name ist Jerry Cotton.«

»Ich bin McPherson, Harry McPherson, Sir. Wollen Sie nicht Platz nehmen?«

Der Hüne zeigte auf zwei Drehstühle mit Rollen. Außer ihnen gab es noch einen kleinen Schreibtisch und ein hohes Regal mit an die 200 kleinen Fächern.

»Das Postregal?« fragte ich, während ich mich in den nächsten Drehstuhl sinken ließ.

»Ja, Sir.«

Ich besah es mir genauer. Unter jedem Fach gab es ein kleines Schild mit einem Namen. Im Fach von Dr. Bellway lag eine Zeitung. Ob auch sie in aller Herrgottsfrühe wie die von gestern mit einem Diplomatenwagen gebracht worden war?

»Hat Dr. Bellway viele Zeitungen abonniert?« fragte ich wie nebenher.

»Nein, Sir. Nur die eine.« Der Riese lachte. »Die kommt allerdings manchmal zweimal.«

»Wie meinen Sie das?« fragte ich verblüfft.

»Na, manchmal liegt die gleiche Zeitung zweimal für ihn vor der Tür. Das ist zwar selten, aber es kommt immer wieder einmal vor. Der Zeitungsbote wird wohl ein vergeßlicher alter Mann sein.«

»Ja, so was kommt vor«, sagte ich und wandte mich zu den Monitoren. »Mr. McPherson«, fuhr ich fort, »Sie waren Soldat bei einer unserer Eliteeinheiten. Mit Ihnen kann ich doch offen sprechen?«

Seine Brust schwoll vor Stolz. »Selbstverständlich, Sir.«

»Nun, sehen Sie, gestern nacht sind hier 20 Kilo Dynamit hochgejagt worden. Die müssen doch irgendwie aufs Gelände gebracht worden sein, nicht wahr?«

Sein Gesicht färbte sich dunkler. »Sir, bei mir ist es nicht vorbeigekommen«, erwiderte er heiser vor Erregung. »Es sei denn, daß es ein Mitarbeiter im Kofferraum seines Wagens hereingeschmuggelt hat. Die Wagen der Mitarbeiter kontrollieren wir nicht.«

»Und wie sieht es bei Besuchern aus?«

»Besucher dürfen gar nicht mit dem Wagen aufs Gelände. Die müssen ihn vor dem Tor abstellen. Lieferanten ausgenommen. Aber die kontrollieren wir. Und ich weiß, wie man Autos kontrolliert, Sir.«

»Das glaube ich Ihnen. Aber wie ist dann der Sprengstoff hereingekommen, Mr. McPherson? Nehmen wir einmal an, daß es keiner der Mitarbeiter war. Wie wäre es dann möglich gewesen?«

»Gar nicht«, sagte er überzeugt. »Unsere Sicherungsmaßnahmen sind wasserdicht, Sir. Das bekommen wir jeden Monat einmal bestätigt.«

»Von wem denn?«

»Von den Kontrolleuren, die Washington jeden Monat einmal herüberschickt. Die haben sich schon alle möglichen Tricks einfallen lassen, um an uns vorbeizukommen. Aber es ist ihnen noch nie geglückt.«

»Diese Kontrolleure«, wiederholte ich nachdenklich, »das sind immer dieselben?«

»Nein, Sir, im Gegenteil. Es sind immer andere.«

»Aber die müssen sich doch ausweisen?«

»Natürlich.«

»Aha. Und als was weisen sie sich aus?«

»Mit ihren Dienstausweisen: SECURITY GUARD OF THE DEPARTMENT OF DEFENSE.« (Soviel wie: Sicherheitsdienst des Verteidigungsministeriums.)

Wenn es immer andere waren, konnte ich meinen Verdacht begraben. Es wäre auch wirklich närrisch gewesen. »Okay«, sagte ich, »vielleicht sollten wir das Problem einmal von der anderen Seite her angehen. Der Sprengstoff war auf dem Institutsgelände, das steht fest. Was hätten Sie getan, Mr. McPherson, wenn Sie das Dynamit hätten bringen sollen?«

»Bei unseren Sicherheitsvorkehrungen kann es einer allein nicht schaffen, das steht schon mal fest.«

»Oh, an Leuten wird es vermutlich nicht gemangelt haben. Aber wie haben sie es angestellt?«

»Sie müssen Rick abgelenkt haben. Das ist unser Nachtwächter, der mit dem Hund. Entweder durch einen Anruf oder dadurch, daß einer an der Tür geklingelt hat.«

»Wie viele Minuten werden sie gebraucht haben, um das Zeug über den Zaun zu bringen?«

»Oh, wenn es gut organisiert ist und genügend Leute zur Verfügung stehen, ist das eine Sache, die man in wenig mehr als einer Minute ausführen kann.«

»Schreiben Sie mir bitte die Adresse des Nachtwächters auf!« bat ich. »Wenn er letzte Nacht durch nichts abgelenkt wurde – und wenn er auch nicht eingenickt ist und ein kleines Schläfchen gehalten hat – dann kann es nur irgendein Mitarbeiter hereingeschleppt haben.«

Als Johnny O'Connor an diesem Tage wach wurde, traute er seinen Augen nicht. Er lag angezogen auf einer weichen Couch und war mit einer flauschigen Wolldecke zugedeckt. Wenn er es nicht selbst gewesen war, mußte ihm jemand die Schuhe und das Jakkett ausgezogen haben. Aber vor allen Dingen: Es war nicht seine Wohnung, in der er wach wurde.

Er drehte den Kopf. Das Zimmer war ziemlich klein. Es gab die Couch, auf der er lag, dazu einen runden Tisch und einen Stuhl, ein transportables Fernsehgerät, einen Schrank – und das war auch schon alles. Kein Fenster. Das einzige Licht kam von der kleinen

Tischlampe, die eingeschaltet war. Aber es gab zwei Türen.

Johnny setzte sich ächzend auf, angelte nach seinen Schuhen und versuchte die erste Tür. Sie war aus Stahl und ließ sich nicht öffnen. Hinter der zweiten Tür gab es eine Toilette und eine Duschecke. Saubere Handtücher waren vorhanden.

»Man könnte glauben, ich säße im Knast«, murmelte Johnny. »Aber dafür sind die Handtücher zu gut.«

Er legte sich wieder auf die Couch und begann nachzudenken. Zuletzt hatten ihn zwei Gorillas zu Mr. Spinker nach New Jersey gebracht. Da hatte er köstlichen Whisky getrunken und Spinker furchtbar zum Lachen gebracht.

Wodurch eigentlich?

Ach ja. Er hatte von seinen Informationen berichtet. Daß nämlich die Regierung das Gelände von diesem Raumforschungsinstitut durch Selbstschußanlagen, Höllenmaschinen oder irgend etwas dergleichen schützen ließ.

Das hatte Spinker zu einem ungeheuren Heiterkeitsausbruch angeregt. Also waren Johnnys Informationen meilenweit daneben. Aber gekracht hatte es, das hatte sein Anruf im Institut klar erwiesen. Also stammte die Explosion nicht von etwas, das die Regierung zu verantworten hatte.

Hatte die Mafia selbst die Explosion verursacht? Aber dann wäre doch nicht einer ihrer Leute dabei ums Leben gekommen.

Oder doch? Natürlich kam es vor, daß Leute, die mit Sprengstoff hantierten, aus Fahrlässigkeit dabei selbst ums Leben kamen. Aber warum sollte die Mafia einen Anschlag ausführen auf ein Institut, das für die Regierung arbeitete? Das gab doch keinen Sinn.

Johnny brach seine Gedanken ab, weil ihm klar

wurde, daß er nur ins Blaue hinein spekulieren konnte. Das führte zu nichts.

Er sah sich wieder in seinem kleinen Gefängnis um. Wahrscheinlich hatte Spinker ihn einsperren lassen. Johnny prüfte noch einmal die Stahltür. Sie schien verdammt massiv zu sein. Aber er entdeckte einen weißen Klingelknopf auf der geweißten Betonwand. Johnny drückte ihn nieder und lauschte. Aber er konnte nicht hören, ob die Klingel überhaupt funktionierte. Gähnend ließ er sich wieder auf die Couch fallen und schloß die Augen.

Vielleicht hatten sie ihm etwas in den Whisky getan. Aber es war auch möglich, daß er einfach so eingeschlafen war. Nach einer ganzen durchwachten Nacht wäre das kein Wunder gewesen. Schließlich war er keine 18 mehr.

Nach einiger Zeit wurde plötzlich die Stahltür geöffnet. Johnny fuhr in die Höhe.

Einer der beiden Gorillas, die ihn nach New Jersey gefahren hatten, hielt die Tür auf, während der schwarzhäutige Butler ein großes Tablett hereintrug. Johnny bemerkte mit hungrigen Augen, daß alles auf dem Tablett war, was sich ein Amerikaner zum Frühstück nur wünschen konnte.

»Mr. Spinker bittet Sie, sich als sein Gast zu fühlen«, sagte der Gorilla an der Tür. »Wenn Sie Bücher oder Zeitschriften haben möchten, brauchen Sie es nur zu sagen.«

»Ich will erst einmal wissen, was für einen Tag wir haben und wie spät es ist«, maulte Johnny.

»Es ist Dienstag, 9.12 Uhr vormittags. Sie haben über 14 Stunden geschlafen.«

»Heiliger Strohsack! Ich muß in die Redaktion!«

»Das wird sich leider nicht einrichten lassen, Sir. Ihre Rückreise ist erst für den kommenden Sonntag vorgesehen. So lange werden Sie sich gedulden müssen. Aber der irische Whisky steht zu Ihrer Verfügung, Sir.«

»Welch ein Trost«, sagte Johnny und begann zu frühstücken.

Der Großraum New York ächzte unter einer meterdikken Schneedecke, und es hörte nicht auf zu schneien. Ich klappte den Mantelkragen hoch und stapfte durch Schnee, der einen schon bis fast an die Knie einsinken ließ, am Zaun entlang vor zur Straße, wo man uns gestern nacht mit einer Maschinenpistole beschossen hatte. Ich zerbrach mir wieder einmal den Kopf über die vielen Kleinigkeiten, die in diesem Fall einfach nicht zueinander passen wollten. Natürlich brachte mich das Grübeln nicht weiter, aber was soll man sonst tun, wenn man durch ein eingeschneites New York unterwegs ist?

Rick Donnovan, der Nachtwächter des Instituts, wohnte in der südlichen Bronx, so daß er es nicht weit bis zu seiner Arbeitsstelle hatte. Genau wie dieser Dr. Bellway, der seine Zeitung mit einem Diplomatenwagen und seine Zigaretten von einem militärischen Nichtraucher zugestellt bekam.

Donnovan wohnte in der Cypress Avenue, nicht weit von der Gabelung der Highway, deren Nord-Süd-Strang hinüber zur berühmten Triboro Bridge führte. Seine Wohnung lag unterhalb des Straßenniveaus. Man mußte eine schmale Treppe vor der Hauswand hinabsteigen. Statt einer Klingel gab es einen imponierenden Türklopfer, einen Löwenkopf aus Messing. Wenn man ihn leicht anhob, ertönte hinter der Tür ein melodisches Geläut wie von einem Glockenspiel. Vielleicht war Mr. Donnovan ein Romantiker.

Mir fiel gerade noch rechtzeitig ein, daß er einen

deutschen Schäferhund besaß, einen wahrscheinlich ernst zu nehmenden Burschen. Vorsichtshalber trat ich einen Schritt von der Tür zurück.

Ich hatte richtig vermutet. Denn als Donnovan die Tür aufzog, war das erste, was ich zu sehen bekam, ein zottiger, mächtiger Kerl von einem Hund, der mich mit gespitzten Ohren aufmerksam ansah, aber auch schon genügend Zähne sehen ließ, um jeden Besucher von Feindseligkeiten gegen seinen Herrn abzuhalten.

Über ihm ragte der nur mit einem Unterhemd bekleidete Oberkörper eines etwa 50jährigen Mannes empor, der für sein Alter noch sehr gut in Form zu sein schien. Er hatte welliges, vorn an der Stirn und an den Schläfen leicht angegrautes Haar und ein unrasiertes Gesicht. Man sah ihm an, daß ich ihn aus dem Bett geklingelt hatte.

»Ja?« fragte er mürrisch. »Was wollen Sie?«

»Sind Sie Rick Donnovan?«

»Bin ich. Warum?«

»Ich bin Jerry Cotton, Special Agent des FBI. Hier ist mein Ausweis. Ich würde Ihnen gern ein paar Fragen stellen, wenn Sie erlauben.«

Er bedachte mein aufgeklapptes Etui nur mit einem flüchtigen Blick, mich selbst mit einem längeren, und dann nickte er ein paarmal. »Ja, ja, jetzt erkenne ich Sie wieder. Sie waren gestern in aller Herrgottsfrühe zusammen mit Professor Jackson am Tor, stimmt's?«

»Stimmt.«

»Kommen Sie rein!«

Er machte eine knappe Bewegung, und augenblicklich gab der Hund die Tür frei. Donnovan führte mich in eine kleine Küche, in der es für einen Junggesellen peinlich sauber aussah. Daß er nicht verheiratet war, hatte mir der Pförtner verraten, der früher bei den

Ledernacken gewesen war. Wir setzten uns an den blanken Küchentisch.

Donnovan machte sich am Herd zu schaffen, wobei er sagte: »Ich wollte sowieso um die Zeit aufstehen. Trinken Sie einen Kaffee mit?«

»Gern. Können wir uns inzwischen schon unterhalten?«

»Nur zu, G-man! Wie war der Name?«

»Jerry Cotton. Also fangen wir an! Warum haben Sie, als ich gestern nacht bei Ihnen klingelte, über die Sprechanlage behauptet, daß es keine Explosion gegeben hätte?«

»Strikte Anweisung von Professor Jackson: zu keinem Menschen ein Wort über den Zwischenfall, bis er selber eingetroffen war.«

»Okay. Wann war die Explosion?«

»Um 2.04 Uhr frühmorgens. Ich habe auf die Uhr geschaut, als es krachte.Na, zuerst war ich natürlich erschrocken. Aber das hat höchstens zwei, drei Sekunden gedauert. Dann fiel mir ein, daß alle Vorfälle im Wachbuch einzutragen sind, und da habe ich dann auf die Uhr gesehen.«

»Sind Sie nicht hinausgelaufen, um nachzusehen?«

»Doch, natürlich. Aber das hat ein paar Minuten gedauert. Sie werden es vielleicht nicht glauben, aber das verdammte Schloß in der äußeren Hintertür war eingefroren. Ich mußte den Schlüssel erst mit dem Feuerzeug heiß machen, und das ein paarmal, bis es endlich klappte.«

»Was schätzen Sie, wieviel Zeit zwischen der Explosion und Ihrem Erscheinen auf dem Gelände verging?«

»Schwer zu sagen. Vielleicht zwei, vielleicht drei Minuten.«

»Aber Sie hatten natürlich Ihren Hund dabei?«

»Aber sicher!«

»Und? Haben Sie jemand gesehen? Oder deutete das Verhalten Ihres Wachhundes darauf hin, daß jemand auf dem Gelände war?«

»Nein. Es kann auch niemand auf dem Gelände gewesen sein.«

»Warum nicht?«

»Mann, Cotton, es gibt keinen Meter Zaun, den ich nicht auf den Monitoren kontrollieren kann.«

Er schüttete kochendes Wasser in den Kaffeefilter, verhielt aber plötzlich und sah mich mit gerunzelter Stirn an. »Eins war schon seltsam«, brummte er.

»Was?«

»Ein paar Minuten vor der Explosion – also vielleicht eine Viertelstunde davor – war eine Kamera ausgefallen. Jedenfalls war der eine Monitor plötzlich schwarz. Na, da gab es ja nun ein paar Möglichkeiten, nicht? Es konnte an der Kamera liegen. Es konnte genauso gut der Monitor sein. An dem habe ich zuerst rumgesucht. Ob die Anschlüsse fest saßen. Schien aber alles in Ordnung zu sein. Ich dachte natürlich auch an einen Wackelkontakt – sowas gibt's ja – und habe dem kleinen Kasten ein paar kleine Puffer verpaßt – und Sie werden's nicht glauben: Plötzlich war das Bild wieder da.«

»Wie lange hat der Bildausfall gedauert?«

»Wohl auch so zwei oder drei Minuten. Und dann passierte es noch einmal. Das war fünf Minuten später. Ich habe den Monitor wieder ein bißchen geschüttelt, ihm ein kleines Ding mit der Faust verpaßt – und schon lief er wieder. Warum fragen Sie mich das alles? Hätten Sie doch alles im Wachbuch nachlesen können. Ich habe es selbstverständlich minutengenau aufgeschrieben.«

»Bisher hat mir niemand gesagt, daß es ein solches Wachbuch gibt. Machen Sie auch Rundgänge auf dem Institutsgelände?«

»Aber sicher. Um neun, um zwölf und um drei.«

»Regelmäßig?«

»Danach können Sie die Uhr stellen.«

Fein, dachte ich. Damit wären sie dann ja auch wirkungslos. Wer auf dem Gelände etwas Illegales vorhat, braucht ja nur die Zeiten zwischen den Rundgängen zu wählen, um sicher zu sein, daß er nicht gestört wird. Aber davon sagte ich nichts. Ich fragte: »Schreiben Sie auch die Rundgänge ins Wachbuch?«

»Sicher.«

»Und das Wachbuch wird von diesen Kontrolleuren, die Washington schickt, eingesehen und geprüft?«

»Jedenfalls haben sie es bisher immer getan.«

»Keine Beanstandungen?«

»Noch niemals.«

»Was ist das eigentlich für ein Gebäude, vor dem die Explosion stattfand?«

»Ich habe keine Ahnung, was da drin ist. Irgendwas Besonderes muß es schon sein. Sonst gäbe es da ja nicht die Stahltür, die auch tagsüber grundsätzlich verschlossen ist.«

»Wer hat einen Schlüssel zu dieser Tür?«

»Zum Bunker? So nennen wir den Kasten nämlich wegen der dicken Stahltür. Also da hat natürlich Professor Jackson einen Schlüssel und dann Dr. Bellway. Weil er der Stellvertreter des Professors ist.«

»Sonst hat niemand einen Schlüssel?« fragte ich gespannt. Donnovan schüttelte bereits den Kopf und wollte etwas Verneinendes sagen, da besann er sich und rief: »Halt, natürlich, die Chefsekretärin!«

»Miß van Heeren?«

»Ja, die hat auch einen Schlüssel zum Bunker.«

»Vielen Dank«, sagte ich. »Das war vorläufig alles.«

Er hatte mir viel mehr verraten, als er ahnen konnte. Ich war sehr zufrieden mit diesem Gespräch.

VIII

Die Schneeluft hatte mich hungrig gemacht. Da schräg gegenüber von Donnovans Kellerwohnung ein polnischer Imbiß lag, ging ich hinüber und bestellte mir eine Brühwurst, deren Namen kein Amerikaner aussprechen konnte, die aber ausgezeichnet schmeckte. Ich aß eine zweite und ein Stück dunkelbraunes polnisches Brot dazu.

Danach klemmte ich mich in die winzige Telefonzelle, die es in dem Imbiß gab, und kramte solange in meinen Taschen, bis ich das Kärtchen gefunden hatte.

»Goodar«, tönte es durch den Hörer.

»Hallo, Mr. Goodar«, sagte ich. »Schön, daß ich Sie gleich auf Anhieb zu Hause erreiche. Hier ist Jerry Cotton vom FBI.«

»Hallo, Mr. Cotton«, sagte der junge Cop von der Zivilstreife, »ich habe drei Tage frei. Kann ich was für Sie tun?«

»Deshalb rufe ich an. Ich mache mir Sorgen um meinen Freund. Es könnte sein, daß er in Gefahr ist. Ich spreche von Phil Decker, meinem Kollegen.«

»Den wir zusammen mit Ihnen kennengelernt haben, da unten am East River, wo wir die Leiche fanden?«

»Richtig, von dem spreche ich. Trauen Sie sich zu, ihn zu beobachten, ohne daß er es merkt?«

»Ich werde es versuchen, Mr. Cotton. Ich werde Will Cabble anrufen, der macht bestimmt mit. Mit zwei Mann läßt sich eine Observierung immer besser machen, als wenn man allein ist.«

»Das ist der Kollege mit den Sommersprossen?«

»Richtig, ja.«

»Das wäre großartig, wenn Mr. Cabble sich beteiligen würde. Phil wird höchstwahrscheinlich um Punkt 5 Uhr heute nachmittag das FBI-Distriktgebäude verlassen. Ich möchte wissen, wo er hingeht – und wo er heute nacht schläft. Rufen Sie mich bitte zu Hause an! Auf keinen Fall in der Dienststelle. Zwischen Mitternacht und sieben Uhr früh bin ich bestimmt zu Hause.«

»Okay, Mr. Cotton. Geben Sie mir Ihre Nummer!«

Ich sagte sie ihm, bedankte mich und legte den Hörer auf. Als ich an die Theke trat, um mir einen Kaffee zu holen, bevor ich mich wieder in das arktische Wetter begab, brachte ein junger Mann ein Paket Zeitungen. Eine balkendicke Schlagzeile sprang mir förmlich in die Augen:

ANSCHLAG AUF DAS
SPACE RESEARCH LABORATORY?

Ich kaufte eine Zeitung und las den Artikel, während ich meinen Kaffee trank. Wer auch immer diesen Artikel geschrieben haben mochte, er war nicht übermäßig gut informiert gewesen, denn von der Explosion wußte er nichts wirklich Zutreffendes.

Aber er hatte erfahren, daß der FBI die Ermittlungen aufgenommen hatte. Und das machte mich stutzig. Denn wir hatten vorläufige Geheimhaltung vereinbart. Ich suchte das Impressum der Zeitung, schrieb mir die Telefonnummer der Redaktion ab und zwängte mich noch einmal in die winzige Telefonzelle. Als sich eine Frauenstimme meldete, sagte ich: »Federal Bureau of Investigation, Jerry Cotton am Apparat. Ich möchte Ihren Chefredakteur sprechen, bitte.«

»Das ist Mr. Wooles. Ich verbinde Sie.«

Es dauerte nur zwei Sekunden, und schon tönte eine sonore Männerstimme durch den Hörer. »Wooles. Was kann ich für den FBI tun, Mr. Cotton?«

»Eine Frage beantworten. Ich habe hier eine fast noch druckfeuchte Zeitung von Ihnen in der Hand, in der etwas über einen angeblichen Anschlag auf das

SRL gemeldet wird. Von wem haben Sie diese Information?«

»Oho, daher weht der Wind! Sie wissen natürlich, Mr. Cotton, daß wir Journalisten unsere Gewährsleute nicht preisgeben müssen, nicht wahr?«

»Das weiß ich, und ich frage ja auch nur ganz höflich.«

»Warum wollen Sie es wissen?«

»Mr. Wooles, Sie werden sicherlich gehört haben, daß das SRL für die Regierung arbeitet, und zwar in geheimen Verteidigungsangelegenheiten. Da interessiert uns einfach jeder, der Informationen über das SRL besitzt und weitergibt.«

»Nun, Mr. Cotton, in diesem Falle brauchen Sie nicht zu befürchten, daß wir etwa eine undichte Stelle in dem Institut angezapft hätten. Wir haben die Informationen direkt von einem Kongreßabgeordneten aus Washington erhalten. Aber Sie werden verstehen, daß ich den Namen nicht sagen möchte.«

»In dem Falle ist das auch nicht nötig«, sagte ich. »Vielen Dank für die Auskunft.«

Ich legte den Hörer auf, holte mir eine zweite Tasse Kaffee an meinen Stehtisch und zündete mir eine Verdauungszigarette an. Als ich aus dem Büro von Professor Jackson mit diesem Colonel in Washington telefoniert hatte, hatte der Mann ganz gegen die militärischen Gewohnheiten ein seltsames Interesse daran gezeigt, daß die Presse von dem Anschlag auf das SRL informiert würde. Wir hatten es trotzdem nicht getan – und schon rief ein Kongreßabgeordneter aus Washington bei den hiesigen Zeitungen an. Es war so ganz und gar außergewöhnlich, daß es den dümmsten Anfänger bei der Kriminalpolizei stutzig gemacht hätte. Die Burschen in Washington spielten mit gezinkten Karten, das stand fest.

Ich trank meinen Kaffee, und während ich nachdachte, schaute ich absichtslos durch das große Fenster, vor dem mein Tisch stand. Auf der anderen Straßenseite fuhr ein schwarzer Lincoln vor. Zwei Männer in dunklen Wintermänteln stiegen aus. Sie stapften die Treppe zu Donnovans Wohnung hinab.

Nachtwächter verkehren gewöhnlich nicht mit Leuten, die sich einen Lincoln leisten können. Ich drückte meine Zigarette aus und ging hinaus. Es schneite immer noch oder schon wieder. Vorsichtig überquerte ich die Straße und näherte mich dem Lincoln von hinten.

Das Nummernschild war nicht ganz sauber, was man bei diesem Wetter ja auch nicht verlangen konnten. Ich bückte mich und besah es mir aus der Nähe. Das Kennzeichen war im Bundesstaat New Jersey ausgestellt, also auf der anderen Seite des Hudson. Ich prägte es mir ein und wollte es gerade aufschreiben, da riß mich jemand an der Schulter herum.

Die beiden Männer in den dunklen Mänteln waren aus Donnovans Kellerwohnung zurückgekehrt.

»Was schnüffelst du an unserem Wagen, he?« fragte einer. Bevor ich reagieren konnte, hatte er mir einen Haken an den Unterkiefer gesetzt.

Ich fiel in einen Schneehaufen am Straßenrand, also fiel ich weich. Außerdem hatte er nicht den Punkt getroffen, so daß ich auch nicht das Bewußtsein verlor. Instinktiv nahm ich in Gedanken schon Maß bei dem Burschen, als mir gerade noch früh genug eine bessere Idee kam.

Ich tat, als ob ich aufstehen wollte, verdrehte aber die Augen, als ich erst halb hochgekommen war, und ließ mich mit einem leisen Ächzer zurück in den Schnee sinken.

»Dem hast du's aber gegeben!« sagte der zweite.

»Ja, ich denke, der hat genug«, meinte der erste, und sie lachten beide.

Ich dachte an das Sprichwort von dem, der zuletzt lacht, und ließ sie mit ihrem Lincoln davonfahren.

Es war um die Mittagszeit, als sie Johnny O'Connor in das Wohnzimmer mit der riesigen Sitzlandschaft schleppten. Johnny blutete links an der Unterlippe, aber er war glimpflicher davongekommen, als er selbst vermutet hatte.

Spinker trug eine weiße Flanellhose und ein zartblaues Freizeithemd. Im Halsausschnitt sah man einen gelben Seidenschal. Vor ihm stand ein Glas Tee. Er schüttelte den Kopf, als sie Johnny vor ihm hinstellten.

»Aber, aber, Mr. O'Connor, was machen Sie denn für Geschichten? Eine Stahltür mit ein paar Lappen aufbrechen?«

»Es waren keine Lappen. Es war die zusammengedrehte Decke vom Bett und das Kabel von der Tischlampe. Und nach dem bekannten physikalischen Gesetz, das bei einem Flaschenzug wirksam wird, hätte es funktionieren können.«

»Können!« wiederholte Spinker verächtlich. »Setzen Sie sich, bitte! Ich möchte nicht, daß sich so etwas Albernes wiederholt. Schon in Ihrem eigenen Interesse nicht. Deshalb will ich ganz offen mit Ihnen sprechen.«

Johnny tupfte sich mit seinem Taschentuch ein bißchen Blut von der Lippe. »Was Sie machen, ist schlichtweg Freiheitsberaubung«, brummte er.

»Aber nein. Sehen Sie, ich stehe kurz vor dem Abschluß eines großen Geschäfts, an dem mir wirklich sehr gelegen ist. Nun kommen Sie daher und – wie sagte doch der alte Grieche? – und stören meine Kreise. Vor 50 Jahren hätte man Sie in eine leere Apfelsinenkiste gestellt, die Kiste mit Beton ausgegossen und Sie mitsamt der Kiste im East River versenkt. Das mag kein angenehmer Tod sein, aber solche Leichen werden selten gefunden. Wir leben nicht mehr in solchen Zeiten, und ich bin sehr froh darüber. Aber irgendwie muß ich dafür sorgen, daß Sie mein Geschäft nicht stören. Das werden Sie doch einsehen.«

Jetzt habe ich dich da, wo ich dich hinhaben wollte, dachte Johnny. Deshalb habe ich doch das ganze Theater inszeniert. Daß ich mit einem Stück Kabel und dem Rohr des Bettrahmens keinen Flaschenzug basteln konnte, der genügend Kraft zum Aufsprengen einer Stahltür entwickeln würde, war mir selber klar. Ich wollte nur mit dir reden, du alter Gauner, und das wäre auf normalem Wege ja nicht zu schaffen gewesen.

»Ich recherchiere in Sachen Space Research Laboratory«, knurrte Johnny in gespielter Wut. »Sie können mir nicht weismachen, daß ein für die Regierung tätiges Institut mit Ihnen Geschäfte macht.«

»Offiziell natürlich nicht«, räumte Spinker ein und nippte an seinem Tee. »Aber das ist auch alles, was ich Ihnen darüber mitzuteilen gedenke. Nur noch eins: mein Geschäft wird am Sonntag früh abgewickelt sein. Danach werden Sie nach New York gebracht und freigelassen. Bis dahin, Mr. O'Connor, ersparen Sie mir und sich selbst jeden Ärger, einverstanden?«

»Sie glauben doch nicht, daß ich Ihnen das durchgehen lasse!« fauchte Johnny. »Sobald ich frei bin, werde ich Sie wegen Freiheitsberaubung verklagen.«

»Das können Sie gern tun. Nur wird es ihnen schwer fallen, Ihre Behauptung zu beweisen. Ich werde ein halbes Dutzend einwandfreie Zeugen haben, die beschwören können, daß Sie niemals hier gewesen sind.«

Warten wir's ab, dachte Johnny. Jim Hancock muß doch inzwischen längst meinen Brief erhalten haben.

Also wird auch Cotton mit seinem ganzen FBI schon auf meiner Fährte sein . . .

Wie so viele Menschen im Nordosten der Vereinigten Staaten hatte Johnny seine Rechnung ohne das Wetter gemacht.

»Sie sind allein gekommen?« fragte Miß van Heeren, die blonde Chefsekretärin im SPACE RESEARCH LABORATORY, als ich ihr Büro betrat. Es klang ein wenig, als ob sie enttäuscht sei.

»Ja«, sagte ich. »Im allgemeinen gilt zwar die Regel, daß FBI-Agenten zu zweit auftreten sollen, aber bei Ihnen droht mir ja keine Gefahr.«

»Kann man's wissen?« fragte sie und warf mit einer sehr fraulichen Kopfbewegung die Flut des blonden Haares über die Schulter zurück.

Ich traute ihr nicht, aber ich mußte zugeben, daß sie eine sehr reizvolle Frau war. Es war durchaus zu verstehen, daß man sie im Institut das Golden Girl nannte. Allerdings hatte auch ein sterbender Gangster behauptet, es drehe sich in diesem Falle alles um das Golden Girl. Und Sterbende lügen selten.

Aber sie durfte nicht wissen, daß ich sie verdächtigte. Also lächelte ich zurück und sagte:

»Bei einer schönen Frau weiß man nie. Ist der Professor da?«

»Ja, sicher. Möchten Sie ihn sprechen?«

»Bitte.«

Sie meldete mich an, und ich ging hinein. Jackson trug an diesem Tage einen braunen Anzug mit Weste und sah wieder so verdammt britisch aus, daß man unwillkürlich in Versuchung geriet, ständig Sir zu sagen.

»Gut, daß Sie kommen«, meinte er und zeigte einladend auf einen Besucherstuhl vor seinem Schreibtisch. »Das erspart es mir, zum FBI zu fahren – bei diesem Wetter.«

»Ach, gibt's etwas Neues, was Sie uns mitteilen wollen?«

»Etwas Altes. Aber ich möchte es ihnen sagen, bevor Sie es im Zuge Ihrer doch sicher gründlichen Ermittlungen herausfinden.«

»Ich bin ganz Ohr«, sagte ich und zündete mir eine Zigarette an. Was würde er mir jetzt auftischen, noch dazu freiwillig, nachdem er sich erst so hartnäckig geweigert hatte, mit uns zusammenzuarbeiten?«

»Ich habe ein Hobby«, fing Jackson an, »das in Ihren Augen vielleicht ein wenig anrüchig ist: Ich liebe das Glücksspiel. Und es ist schon vorgekommen, daß ich ganz hübsche Beträge verloren habe.«

»Was verstehen Sie darunter?«

»Nun, mein größter Verlust in einer Nacht waren 60000 Dollar.«

Er sagte es in dem Tonfall, in dem gewöhnliche Sterbliche von sechs Dollar geredet hätten. Es wurde immer verrückter. Ein Zocker als Leiter eines Instituts, das geheime Arbeiten fürs Pentagon ausführte! Spieler sind erpreßbar, wenigstens in 90 Prozent aller Fälle. Und so etwas hatten die in Washington durchgehen lassen?

Es war schlicht unglaublich.

»Sind Sie vermögend?« fragte ich. »Daß Sie sich solche Verluste leisten können?«

»Nein«, gestand er arglos. »Ich beziehe zwar ein ganz anständiges Gehalt. Aber davon könnte ich niemals solche Beträge riskieren.«

»Wie geht es dann?«

»Sie können das bei meiner Bank nachprüfen. Ich gebe es Ihnen meinetwegen schriftlich, daß ich meine Bank von der Wahrung des Bankgeheimnisses entbinde. Mein Vater ist Chirurg in London. Was ich in einem Jahr verdiene, schafft er in einem Monat. Und ich bin sein einziger Sohn.«

»Sie wollen sagen, daß Ihr Vater für Ihre Spielschulden aufkommt?«

»So kann man es ausdrücken, ja. Natürlich sind die entsprechenden Dienststellen in Washington informiert.«

»Natürlich«, sagte ich. »Dann ist das ja in Ordnung. Ich bin eigentlich aus einem anderen Grunde gekommen. Es wird Zeit, daß man uns erklärt, was hier eigentlich betrieben wird. Nicht bis in die letzten Einzelheiten, aber in großen Umrissen.«

»Colonel Sheppard hat mich gebeten, Ihnen jede Frage zu beantworten«, sagte Jackson. »Also von mir aus. Wir koordinieren die Entwicklung und Fertigung eines neuen Abwehrsystems im Weltall. Es würde faktisch dazu führen, daß man alle Interkontinentalraketen verschrotten könnte.«

»Das machen Sie?« fragte ich verdutzt.

»Ja, wir. Wir geben die nötigen Forschungsanregungen. Wir erhalten die Ergebnisse. Und wir vergeben dann auch im Auftrag des Pentagons die einzelnen Produktionsaufgaben. In unserem Computer ist der letzte Wissensstand auf diesem Gebiet gespeichert.«

»Jetzt muß ich mal wie ein richtiger Laie fragen: wenn eine ausländische Macht sich über unseren Stand auf diesem Rüstungsgebiet informieren möchte, dann wäre diese Macht bei Ihnen an der richtigen Adresse?«

»An der besten, die es dafür gibt«, sagte Jackson in entwaffnender Ehrlichkeit. »Von uns könnten sie die kompletten Pläne für das im Raum stationierte Abwehrsystem erhalten.«

»Na, immerhin«, sagte ich und stand auf. »Das war's, Professor. Wir sehen uns bestimmt wieder.«

Ich verließ ihn, verabschiedete mich von der hinreißend blonden Miß van Heeren und wechselte noch ein paar Worte mit dem Pförtner, der früher bei den Ledernacken gewesen war. Immerhin erfuhr ich von ihm noch eine interessante Einzelheit: Miß van Heeren war Akademikerin, denn sie hatte Physik studiert und sogar den Doktortitel erworben. Vermutlich war sie die qualifizierteste Sekretärin der Welt. Unser Golden Girl . . .

Es schneite und schneite. Ich stapfte durch den Schnee zur Subway. Selten war ich in einem Fall so ratlos gewesen wie in diesem. Nichts wollte zueinander passen. Alles war irgendwie unnormal. Und vor allem fehlte mir der klar erkennbare Punkt, wo man sich Erfolg versprechen konnte, wenn man bei ihm den Hebel ansetzte. Deshalb beschloß ich, ein paar Dinge in Bewegung zu bringen – allerdings ohne Phil. Was meinen Freund anging, hatte ich einen schlimmen Verdacht.

Es war 4.35 Uhr an diesem Nachmittag, als ich unser Office wieder betrat. Phil empfing mich prompt mit einem bellenden Husten.

»Warum gehst du nicht zu einem Arzt und bleibst ein paar Tage zu Hause?« fragte ich.

Phil machte ein Gesicht, als hätte ich ihn gerade auf einen fabelhaften Gedanken gebracht.

»Ja«, sagte er und hustete schnell noch einmal, »vielleicht sollte ich das wirklich tun. Ich werde bis morgen warten und sehen, wie es mir dann geht. Was hast du heute den ganzen Tag getrieben? Wir sind mit den Personalakten durch.«

»Und?« fragte ich.

»Alles saubere Leute«, meinte Phil. »Höchstens bei diesem Jackson, da wäre vielleicht was.«

»Er spielt gern, meinst du das?«

»Woher weißt du's?«

»Er hat's mir gerade selber gesagt.«

Ich berichtete Phil einiges von dem, was ich heute erfahren oder erlebt hatte. Ein paar Kleinigkeiten ließ ich aus. Dann war es fünf, und Phil hustete deutlich genug.

»Scher dich nach Hause, alter Junge!« sagte ich.

Er schien froh darüber zu sein, daß der Vorschlag von mir kam, und verdrückte sich auf der Stelle. Ich sah ihm ein paar Herzschläge lang nach. Wenn mein Verdacht sich bestätigte, konnte es für Phil zu einer Katastrophe führen. Manchmal spielt das Schicksal wirklich nicht fair.

Ich rief unsere Fahndungsabteilung an und gab die Nummer des schwarzen Licoln durch.

»Findet heraus, auf wen der Wagen zugelassen ist«, bat ich, »und sagt mir umgehend Bescheid!«

»Kein Problem«, meinte der Kollege.

Ich meldete mich bei Mr. High an und trug unseren Erkenntnisstand vor. Danach sagte ich: »Wir kommen nicht weiter, Chef. Jedenfalls nicht, wenn wir nicht eine schärfere Gangart vorlegen.«

»Was schlagen Sie vor, Jerry?«

»Wir sollten einen Gerichtsbeschluß bewirken, daß wir ein paar Telefone anzapfen dürfen.«

»Von wem?«

»Von Professor Jackson, Dr. Bellway und Miß van Heeren.«

»Ich werde mich gleich mit einem Bundesanwalt in Verbindung setzen, damit das geregelt wird. Ich glaube schon, daß wir die Genehmigungen erhalten werden. Wenn Fragen der nationalen Sicherheit berührt werden, ist es leichter, als wenn wir ›nur‹ gegen die Mafia zu Felde ziehen.«

Ich kehrte in mein Office zurück, zündete mir eine Zigarette an und nahm die Papierschere. Ich zerschnitt ein paar Blatt Schreibmaschinenpapier und fing an, alles aufzuschreiben, was wir bis jetzt erfahren hatten oder was bisher passiert war. Danach schob ich die einzelnen Zettel hin und her und suchte mögliche Verbindungslinien. Es war 8.20 Uhr abends, als unsere technische Einsatzbereitschaft anrief.

»Jerry, wir haben drei Telefone angezapft«, meldete der Kollege. »Mr. High hat die gerichtlichen Aufträge bewirkt. In welchen Abständen willst du die aufgenommenen Gespräche bei uns abhören?«

»Morgens und abends«, sagte ich fast automatisch, weil das so üblich ist. Dann fiel mir aber noch etwas ein, und ich fügte hinzu: »Es sei denn, daß bei irgendeinem der aufgezeichneten Gespräche das Kennwort Golden Girl fällt. Dann möchte ich sofort unterrichtet werden.«

»Das ist aber ein hübsches Kennwort«, meinte der Kollege.

»Hübsch ist der richtige Ausdruck«, sagte ich und sah vor mir die blonde Haarflut von Miß van Heeren.

Keine zwei Minuten später klingelte das Telefon schon wieder. Ich meldete mich und hörte: »Hier spricht Hank Goodar, Mr. Cotton. Sie sagten zwar, ich solle nicht in Ihrer Dienststelle anrufen, aber ich möchte doch ungern bis Mitternacht warten und da . . .«

»Alles okay, Sie können sprechen, Mr. Goodar.«

»Also, Cabble und ich haben Ihren Kollegen beschattet. Er ging vom Büro aus gleich zu einem Blumenhändler und kaufte einen mächtigen Strauß glutroter Rosen. Dann nahm er ein Taxi und fuhr in die Bronx. Er betrat ein Apartmenthaus in der Crimmins Avenue, direkt am St. Mary's Park. Vor einer halben Stunde kam er mit einer Frau heraus, die langes blondes Haar hat. Die beiden gingen bis vor zur Ecke, wo das St. Francis Hospital liegt. Da gibt es einen Imbiß mit Restaurantbetrieb. Offenbar haben sie sich dort ihr

Dinner und ein paar Flaschen Wein gekauft. Damit sind sie in das Apartmenthaus zurückgekehrt. Ich wette einen Monatsscheck darauf, daß Ihr Kollege die Nacht bei der Dame zubringen wird. Deshalb wollte ich fragen, ob wir wirklich die ganze Nacht vor dem Haus herumstehen sollen.«

»Natürlich nicht«, sagte ich. »Den Namen der Dame konnten Sie nicht ermitteln?«

»Doch. Wir haben gewartet, bis sie ins Haus zurückkehrten, und aufgepaßt, wo das Licht anging. Danach konnte man am Klingelbrett ablesen, welcher Name für diese Wohnung steht. Der Name ist van Heeren.«

Ich unterdrückte einen mächtigen Fluch. Die Verdachtsperson Nr. 1, das Golden Girl, um das sich doch nach den Worten des sterbenden Gangsters alles drehte, hatte sich ausgerechnet meinen Freund Phil Decker geangelt!

Ich schüttelte den Kopf, nachdem ich den Hörer aufgelegt hatte. Am liebsten hätte ich irgend etwas zerschlagen.

IX

Am Mittwochfrüh kamen die Vorortzüge mit zum Teil erheblichen Verspätungen, weil es auf den Strecken während der Nacht Verwehungen gegeben hatte. Einige Überlandbuslinien stellten den Betrieb ein. Mir genügte ein Blick aus dem Fenster. Dann entschied ich mich dafür, den Jaguar wieder in der Tiefgarage zu lassen.

Gerade wollte ich die Wohnungstür hinter mir zuziehen, da klingelte das Telefon. Ich lief zurück in die Wohnung und nahm den Hörer.

Es war Phil. Er krächzte durch den Hörer, daß er wegen seiner schlimmer gewordenen Erkältung zu Hause bleiben wolle.

»Tu das!« sagte ich. »Trink heißen Rum und mach eine Schwitzkur! Es hilft zwar nicht, aber der Rum schmeckt gut. Dem Einsatzleiter sage ich Bescheid.«

Ich legte auf, weil es mir schwer gefallen wäre, weiter zu lügen. Ich glaubte ihm die Geschichte mit der Erkältung nicht. Aber er war mein Freund. Wir würden das später klären. Bis dahin würde ich ihn natürlich decken, solange es zu verantworten war.

Wie Tausende andere New Yorker auch, stapfte ich durch den stellenweise fast kniehohen Schnee zur nächsten Subway Station, um in die Downtown zur Federal Plaza ins District Office zu fahren.

Als erstes rief ich unsere Überwachungsabteilung an und sagte: »Ich möchte, daß Dr. Bellway vom SPACE RESEARCH LABORATORY rund um die Uhr beobachtet wird. Wenn in seiner Nähe ein Diplomatenwagen auftaucht, aus dem jemand mit ihm Kontakt aufnimmt, möchte ich wissen, welchem Land der Wagen gehört.«

»Okay, Jerry«, sagte der Kollege. »Noch etwas?«

»Nein, das wär's fürs erste.«

Ich unterbrach die Verbindung, dachte bei runtergedrückter Gabel eine Minute lang nach und wählte dann die Nummer des Instituts. Wie üblich bekam ich die Telefonzentrale und bat um eine Verbindung mit dem Pförtner.

Harry McPherson, früher bei den Ledernacken, erkannte meine Stimme sofort.

»Würden Sie mir einen Gefallen tun, Mr. McPherson?« fragte ich. »Aber es müßte unter uns bleiben.«

»Selbstverständlich, Mr. Cotton.«

»Okay. Wenn Sie bemerken, daß Dr. Bellway wieder einmal die gleiche Zeitung zweimal bekommt, rufen Sie mich doch umgehend an!«

Ich gab ihm unsere Telefonnummer und fragte nach Miß van Heeren.

»Sie hat sich krank gemeldet«, sagte McPherson.

»Kein Wunder bei dem Wetter«, sagte ich, um keinen Verdacht aufkommen zu lassen. »So long, Mr. McPherson.«

Ich zündete mir eine Zigarette an und ging zu unseren Technikern, die Jacksons, Bellways und das Telefon von Miß van Heeren angezapft hatten.

»Habt ihr schon was?« fragte ich.

»Professor Jackson hat gestern abend ziemlich lange mit London telefoniert«, war die Antwort.

»Mit seinem Vater?«

»Stimmt, ja.«

Ich ließ mir das Band vorspielen. Nach einigen familiären Anmerkungen kam der Professor zu einem Thema, das mich interessierte.

»Was hieltest du davon, wenn ich nach Japan gehe?« fragte er. »Ich habe ein fantastisches Angebot von da.«

»Dürftest du denn gehen? Ich denke, du bist Geheimnisträger?«

»Deshalb können sie mich nicht festhalten. Wir leben in einem freien Lande. Und bei der Bezahlung, die sie mir hier hinlegen, dürfen sie sich nicht wundern, wenn ich mich nach besseren Angeboten umsehe.«

Sie diskutieren das Problem ein Weilchen. Für mich gab es dabei nichts Interessanteres mehr zu hören. Andere Telefongespräche hatte der Professor von seinem privaten Anschluß aus bis heute früh nicht geführt. Auch Miß van Heeren hatte nur einen einzigen Anruf gehabt, und der war ziemlich kurz. Irgendein Verehrer wollte sie am Wochenende zu einem Konzert in der Carnegie Hall einladen, aber sie wimmelte ihn freundlich ab.

»Und was ist mit Bellway?« fragte ich.

»Fehlanzeige. Der hat überhaupt nicht telefoniert.«

Oder er ist so schlau, dachte ich, und benutzt seinen privaten Anschluß nicht. Jedenfalls nicht für das, was uns interessiert.

Ich kehrte ins Office zurück, wo Steve Dillaggio und Zeerokah auf mich warteten.

»Das ist die gemütlichste Sonderkommission, zu der ich je gehört habe«, sagte Steve. »Die Personalakten haben wir gelesen. Es ist nichts dabei herausgekommen. Was sollen wir jetzt tun? Zeitung lesen?«

»Wart's ab!« erwiderte ich und zündete mir eine Zigarette an. Ehrlich gesagt wußte ich in diesem Augenblick auch nicht, womit ich die beiden sinnvoll beschäftigen konnte. Wie soll man in einem Fall ermitteln, bei dem man das Gefühl hat, blind im Nebel zu stehen? Und außerdem das Gefühl, daß man von Anfang an und von allen Seiten auf den Arm genommen wird?

Während ich grübelte, klingelte das Telefon. Ich meldete mich. Es war ein Detective Sergeant von der Mordkommission in der Bronx.

»Hallo, Mr. Cotton«, sagte er. »Wir haben die beiden Leichen identifiziert. Nr. 1: der Tote aus dem East River. Da handelt es sich um einen gewissen Gino Cravelli, 38 Jahre alt, von Beruf Computertechniker. Seine Freundin heißt Jane Orlando. Sie erstattete gestern drüben in Jersey City Vermißtenanzeige.«

»In Jersey?«

»Ja. Deswegen rufe ich Sie an. Drüben in Jersey gelten unsere Polizeiausweise gar nicht. Aber da ist noch eine zweite Spur, die ebenfalls nach Jersey führt.«

»Nämlich?«

»Der zweite Tote. Der Mann, der vor Ihren Augen an dieser Schulbushaltestelle erschossen wurde.«

»Was ist mit dem?«

»Der heißt Mac Ricksberger. Es heißt, daß er in New

Jersey für die Mafia arbeitet. Aber auch da sind uns als New Yorker City Police die Hände gebunden. Im Bundesstaat New Jersey dürfen wir nicht ermitteln. Natürlich können wir ein Amtshilfeersuchen an die Kollegen . . .«

Ich fiel ihm ins Wort, froh darüber, endlich etwas Greifbares in der Hand zu haben: »Sie brauchen sich nicht mit so bürokratischem Kram wie Amtshilfeersuchen herumzuquälen, Sergeant«, sagte ich. »Die Ermittlungen in den beiden Fällen übernimmt der FBI.«

Am Donnerstagvormittag meldeten die Radio- und Fernsehsender die ersten Toten der Schneekatastrophe: Autos waren in Schneewehen steckengeblieben, in so abgelegenen Gegenden, daß sich die Insassen zu Fuß nicht retten konnten. Sie waren erfroren.

In New York und in einigen anderen Städten des Nordostens wurden die städtischen Straßenreinigungsbetriebe der Schneemassen nicht mehr Herr. Hilfsdienste und sogar die Nationalgarde mußten aufgeboten werden, um wenigstens die wichtigsten Straßen so weit freizubekommen, daß die Versorgung der Städte einigermaßen gewährleistet werden konnte. Trotz aller Aufrufe, wenn irgend möglich öffentliche Verkehrsmittel zu benutzen, stiegen natürlich wieder viel zu viele Leute in ihr Auto und verstopften damit die von den Schneebergen eingeengten Straßen.

Um die Mittagszeit kamen Steve Dillaggio und Zeery aus Jersey City zurück. Sie waren nur dank ihrer FBI-Ausweise von Fahrern der Greyhoundbuslinien mitgenommen worden in Bussen, die gefährlich überbesetzt gewesen waren.

»Was habt ihr herausgefunden?« fragte ich.

»Bei wem sollen wir anfangen?« fragte Zeery zurück und grinste. Ich kannte ihn gut genug, um zu wissen, daß sich ihr Ausflug gelohnt haben mußte, wenn er ein so fröhliches Gesicht machte.

»Machen wir's der Reihe nach«, schlug ich vor. »Die erste Leiche war die des Mannes, den wir im East River fanden.«

»Gino Cravelli«, sagte Steve. »Computertechniker und leidenschaftlicher Spieler.«

»Ach nein«, sagte ich und dachte sofort an Professor Jackson. »Woher wißt ihr das?«

»Von seiner Freundin. Cravelli wollte sie heiraten, aber sie konnte sich noch nicht zu einer Zustimmung durchringen. Eben weil sie seine Spielleidenschaft kannte.«

»Das kann doch kein Zufall sein«, meinte ich nachdenklich. »Professor Jackson hat zugegeben, daß er gern spielt. Und ausgerechnet auf dem Gelände seines Institutes kommt ein Computerfachmann zu Schaden, der ein leidenschaftlicher Spieler ist! Was wißt ihr sonst noch von dem Mann?«

»Er hatte Spielschulden, und zwar erhebliche. Aber am vergangenen Sonntag erzählte Cravelli seiner Freundin, daß er morgen – also am Montag – alle Probleme los sein werde.«

»Und in der Nacht von Sonntag auf Montag wird er bei einer Explosion auf dem Gelände des SRL ziemlich schwer verletzt. Jedenfalls so schwer, daß ihm nur in einem Krankenhaus wirklich geholfen werden könnte. Aber in einem Krankenhaus hätte man bei der Art seiner Verletzung mit Sicherheit die Polizei verständigt. Das durfte nicht sein. Deshalb brachte man den Schwerverletzten kurzerhand um.«

»Das ergibt einen Sinn«, gab Zeery zu.

»Okay«, sagte ich. »Zum nächsten.«

»Mac Ricksberger«, sagte Steve Dillaggio. »Von dem heißt es, daß er direkt für den Mafiaboss von Jersey arbeitet. Für Spinker.«

Ich stieß einen lauten Pfiff aus. Das war endlich eine erfolgversprechende Fährte.

Am Donnerstagnachmittag hielt Jeanette Declair ihrer Kollegin einen Briefumschlag hin. Die beiden Damen waren Redaktionssekretärinnen beim Herald und arbeiteten vorwiegend für Jim Hancock, dem Chef vom Dienst, der seit Montag mit einer schweren Erkältung zu Hause im Bett lag.

»Der Brief liegt jetzt schon seit Montag bei Mr. Hancock auf dem Schreibtisch«, sagte Jeanette Declair. »Ob man ihn nicht doch öffnen sollte? Vielleicht steht etwas Wichtiges darin?«

Sarah Masterson warf einen Blick auf den Umschlag. Sie war die Ältere, und es hatte sich eingebürgert, daß sie in Zweifelsfällen im Sekretariat die Entscheidung traf.

»Da steht ja *Persönlich* drauf«, stellte sie fest. »Dann ist es womöglich etwas Privates. Nein, wir lassen den Brief liegen, bis Mr. Hancock wieder da ist.«

Am späten Nachmittag meldete unser Labor den Vorbericht über die kriminaltechnischen Untersuchungen des Sprengstoffanschlags auf dem Gelände des SPACE RESEARCH LABORATORY.

»Sitzt du gut?« fragte der Kollege aus dem Labor am Telefon.

»Bis jetzt hat mein Bürostuhl noch jede Überraschung ausgehalten«, erwiderte ich. »Was gibt es denn?«

»Diesmal hat es ein bißchen länger gedauert, weil wir uns über jeden Zweifel hinaus Gewißheit verschaffen wollten. Jetzt haben wir sie. Weißt du, woher Sprengstoff und Zünder kamen?

»Wenn ich's wüßte, hätte ich euch nicht gebraucht«, brummte ich. »Also verrate es mir schon!«

»Sprengstoff und Zünder kamen eindeutig aus Armeebeständen. Den eingehenden Bericht bekommst du wie immer schriftlich. Aber das wollte ich dir schon vorweg sagen.«

»Du bist ein reizender Mensch«, sagte ich und legte den Hörer auf. Aus Armeebeständen! Ein Anschlag auf ein Institut, das fürs Verteidigungsministerium arbeitete, wurde mit Sprengstoff und einem Zünder ausgeführt, die aus Armeebeständen stammten!

Ich ging in unserem Office auf und ab wie ein gefangener Tiger. Ganz weit hinten in meinem Gehirn saß etwas, das sich bemerkbar machen wollte, aber aus weiß der Himmel welchen Gründen nicht bis vorn durchdringen konnte. Ich hatte dieses sattsam bekannte Gefühl, daß dicht vor meiner Nase des Rätsels Schlüssel herumlag. Aber so sehr ich mich auch anstrengte, ich konnte ihn einfach nicht erkennen.

Es war längst nach Dienstschluß, als ich zu unserem Distriktchef ging. Mr. High saß wie üblich noch immer hinter seinem Schreibtisch und arbeitete. Ich kann mich an keinen Tag erinnern, wo unser Chef das Office vor 7 Uhr abends verlassen hätte.

»Hallo, Jerry«, sagte er und deutete auf den Besucherstuhl vor seinem Schreibtisch. »Was gibt es Neues?«

»Chef, wir sind hinter drei verschiedenen Kräftegruppen her!« platzte ich heraus. »Deshalb will auch nichts zueinander passen!«

Mr. High lehnte sich zurück. »Erzählen Sie, Jerry!« bat er.

»Da ist zunächst die Explosion, die uns auf den Plan rief«, begann ich. »Das waren Leute, die sich Sprengstoff und Zünder direkt von der Army geholt haben. Ich habe keine Ahnung, was sie mit dem Krach überhaupt bezweckten. Aber es steht fest, daß sie die Stahltür nicht gewaltsam öffnen wollten, vor der die Explosion stattfand. Wenn es nicht so lächerlich wäre, würde ich sagen, die ganze Explosion war überhaupt nur ein Ablenkungsmanöver.«

»Ablenkung wovon?« fragte der Chef.

»Wenn ich das wüßte!« seufzte ich. »Aber diese Burschen, die die Explosion organisiert haben, waren auf ihrem Gebiet jedenfalls keine Stümper. Sie haben den Kram zu einem Zeitpunkt hochgehen lassen, von dem sie wußten, daß keine Personen verletzt werden konnten. Ich bin sicher, daß sie über die regelmäßigen Kontrollgänge des Nachtwächters Bescheid wußten.«

»Aber wozu dann das ganze Theater?«

»Das ist unser großes Rätsel, Chef«, gab ich zu. »Denn mit einem konnten diese Krachmacher nicht rechnen, und damit kommt die zweite Gruppe ins Spiel. Daß nämlich ausgerechnet zu dem Zeitpunkt, auf den sie den Zünder eingestellt hatten, ein Mann versuchen würde, die Stahltür zu öffnen, vor der der Sprengstoff lag. Dieser Mann hieß Gino Cravelli und hielt sich ohne Befugnis auf dem Gelände und in unmittelbarer Nähe des Explosionsherdes auf. Also bleibt nur die Erklärung, daß er in den Bunker wollte.«

»Bunker?« fragte Mr. High.

»So nennen sie im Institut den Flachbau, weil er als einziges Gebäude mit einer Stahltür gesichert ist. In diesem Gebäude stehen die Computer, die mit dem neuesten Wissensstand eines im All stationierten Raketenabwehrsystems gefüttert sind. Und Cravelli war Computerfachmann!«

»Aber wie hätte er die Tür öffnen und hineinkommen können, wenn er nicht selbst die Explosion verursacht hat?«

»Unsere Experten sagen, daß die Explosion so inszeniert wurde, daß die Tür dabei auf keinen Fall aufgehen sollte. Also kann das nicht Cravellis Werk gewesen sein. Wenn er auf eine andere Art in den Bunker kommen wollte, bietet sich zunächst einmal die einfachste an: nämlich mit dem Schlüssel.«

»Und woher hatte er diesen Schlüssel?«

»Da gibt es nur drei Adressen, Chef. Professor Jackson oder seine Sekretärin Miß van Heeren oder Dr. Bellway. Von den dreien hat jeder einen Schlüssel, und jeder kann ihn diesem Cravelli mal so lange geliehen haben, daß Cravelli sich ein Duplikat anfertigen lassen konnte.«

»Das ist ein schwerwiegender Verdacht, Jerry, den Sie da gegen eine von drei Personen aussprechen.«

»Wohl nur zwei. Denn ich glaube nicht, daß Cravelli den Schlüssel von Dr. Bellway hatte.«

»Warum nicht?«

»Weil Dr. Bellway selbst ein Verräter ist. Ich glaube nicht, daß er mit Cravelli zusammenhängt, sondern daß er auf eigene Rechnung arbeitet.«

Ich erzählte, wie ich Bellway bei der Übergabe der Zigarettenschachtel beobachtet hatte. Und daß ihm eine Zeitung, die er sowieso bekam, in aller Herrgottsfrühe von einem Liliputaner aus einem Diplomatenwagen gebracht worden war. Ich erwähnte auch das Golden Girl, von dem der sterbende Mac Ricksberger gesagt hatte, daß sich alles nur darum drehe. Zum Schluß machte ich dem Chef einen Vorschlag, von dem ich glaubte, daß er uns endlich voranbringen würde. Der Chef telefonierte und gab anschließend seine Zustimmung.

Als ich hinausging und schon den Türknauf in der Hand hatte, fragte Mr. High: »Wie geht's übrigens Phil?«

Diese Frage hatte ich die ganze Zeit über befürchtet.

»Sieht so aus«, sagte ich doppeldeutig, »als ob es ihn ziemlich erwischt hätte.«

»So, so«, sagte der Chef. Weiter nichts. Ich drückte die Tür hinter mir zu und fühlte mich verdammt unwohl in meiner Haut.

X

Schnee und Kälte hörten nicht auf. Am Freitag früh brach in mehreren Regionen der Ostküste die Stromversorgung zusammen. Die Elektrizitätswerke konnten den sprunghaft angestiegenen Bedarf einfach nicht mehr befriedigen.

Auf den Fernstraßen mußte die Armee ein schweres Räumgerät einsetzen, um ineinander verkeilte Fahrzeuge von den Fahrbahnen fortzubringen. Einsam gelegene Gehöfte wurden von Hubschraubern versorgt, Kranke von dort in die Hospitäler gebracht. Die Radio- und Fernsehsender brachten in Viertelstundenabständen ihre Warnmeldungen für die Verkehrslage.

Die City Cops ertranken in Arbeit. Mit ihren Streifenwagen kamen sie nicht mehr schnell genug voran. Das machten sich natürlich Schläger, Diebe, Räuber und Plünderer zunutze.

Beim FBI machte sich das Wetter nicht in diesem Ausmaß bemerkbar. Die Arbeit lief fast normal – bis auf den Umstand, daß der Einsatz von Dienstwagen auf ein Mindestmaß eingeschränkt wurde, damit auch wir unser Teil zur Entlastung der verstopften Straßen beitrugen.

Ich stand schon ziemlich früh in der Cypress Avenue, hatte den Mantelkragen hochgeschlagen, den Hut tief in die Stirn gezogen und stampfte mit den Füßen im Schnee, um mir Bewegung zu verschaffen. Warten gehört zur Routinearbeit für jeden Kriminalbeamten, aber alle Kollegen auf der ganzen Welt werden mir zustimmen, wenn ich behaupte, daß unser wartendes Herumstehen seltsamerweise fast immer bei schlechtem Wetter stattfindet. Entweder gießt es in Strömen, oder die Hitze brennt einem Blasen auf die Stirn, oder es ist so hundekalt, daß man unwillkürlich an russische Strafgefangene in Sibirien denkt. Die einzige Abwechslung, die ich hatte, bestand darin, herabsinkende Schneeflocken zu beobachten, und das wurde mit der Zeit auch langweilig.

Rick Donnovan kam mit seinem Schäferhund erst kurz um 8.35 Uhr. Ich hatte mich schon gefragt, ob er überhaupt kommen würde.

»Guten Morgen, Mr. Donnovan«, sagte ich und trat ihm in den Weg.

Augenblicklich richteten sich die spitzen Ohren des großen, zottigen Hundes auf.

»Oh, hallo, Mr. Cotton«, sagte Donovan erschrokken. »Sind – sind Sie zufällig hier?«

»Nein«, sagte ich. »Ich habe auf Sie gewartet. Ich will mit Ihnen sprechen. Um genau zu sein: Ich will Ihnen ein Geschäft vorschlagen.«

Donnovan runzelte die Stirn. Trotz des Wetters trug er keine Kopfbedeckung. »Ein Geschäft?« wiederholte er.

Ich wollte von der Straße weg, weil ja zufällig wieder die Burschen mit dem schwarzen Lincoln auftauchen konnten. Ich wußte inzwischen von unserer Fahndungsabteilung, daß der Lincoln auf den Mafiaboß von Jersey zugelassen war: auf Spinker. Und ich legte nicht den geringsten Wert darauf, daß er zu früh erfuhr, wie sehr sich der FBI inzwischen für Rick Donnovan interessierte.

Deshalb bat ich: »Wollen wir nicht hineingehen? Das Wetter ist nicht gerade da zu beschaffen, Konferenzen im Freien zu veranstalten.«

»Ja, natürlich. Kommen Sie!«

Wir stapften die Treppe hinab, wo der Schnee kniehoch lag. Donnovan schloß seine Wohnungstür auf, und wir gingen hinein. Es war eins der alten Häuser, wo es noch Zentralheizung gab, so daß uns eine angenehme Wärme empfing. Donnovan und ich legten unsere Überkleidung ab und gingen in seine Küche. Er entschuldigte sich, daß er erst seinen Hund versorgen müsse, und holte zwei Näpfe, die er mit Hundefutter und klarem Wasser füllte. Er stellte sie in eine Ecke. Aber der Hund machte keine Anstalten, Futter oder Wasser zu vertilgen.

»Sehen Sie?« fragte Donnovan stolz. »Das ist ein richtiger Wachhund! Den können sie nicht ausschalten, indem Sie ihm vergiftetes Fleisch vorwerfen. Der würde eher verhungern, als daß er etwas anrührte, bevor ich es ihm erlaube.«

Er beugte sich zu dem großen Hund, streichelte ihm liebevoll den Kopf und sagte:

»Friß, Cäsar!«

Der Hund knurrte tatsächlich einen Dankeslaut und stürzte sich auf sein Futter. Donnovan zog sich einen Küchenstuhl zurecht, nachdem er Wasser aufgesetzt und einen Filter mit Kaffee gefüllt hatte.

»Also«, sagte er, »Sie wollen mir ein Geschäft vorschlagen?«

»Ja. Und ich möchte betonen, daß ich von einem Bundesanwalt und vom New Yorker FBI-Chef dazu ermächtigt bin.«

»Seit wann machen denn solche Herren Geschäfte mit einem Nachtwächter?« fragte Donnovan nicht ohne Spott.

»Oh«, gab ich zu, »da sind schon ganz andere Geschäfte gemacht worden. Hören Sie mir erst einmal zu, Mr. Donnovan, bevor Sie sich äußern! Einverstanden?«

»Nur zu!« brummte der Nachtwächter mit der immer noch imponierenden Figur. »Ich mache uns inzwischen Kaffee.«

Wieder einmal bluffte ich. Fast nichts von dem, was ich Donnovan sagte, hätte ich beweisen können. Aber ich hatte immerhin seit Montagfrüh Zeit gehabt, darüber nachzudenken, und ich war zu einer Version gekommen.

Sie mir als einzige sinnvoll und logisch zu sein schien.

»Sie haben in der Nacht von Sonntag auf Montag – nicht doch, Mr. Donnovan, erst einmal zuhören! Also in der Nacht von Sonntag auf Montag haben Sie einen Mann auf das Gelände des SRL gelassen, der dazu ganz und gar nicht befugt war. Der Mann heißt Gino Cravelli und wurde bei der Explosion, die vor dem Bunker stattfand, schwer verletzt. Trotzdem gelang es ihm, auf die Mülltonnen, von da aufs Dach und von da über den Zaun zu kommen. Wir haben aus polizeitaktischen Gründen die Nachricht ausgegeben, daß er tot ist. Das ist nicht wahr. Er war ein paar Tage nicht vernehmungsfähig. Aber jetzt hat er ausgepackt. Und nun kommt mein Vorschlag, das Geschäft, das wir Ihnen vorschlagen möchten: Sie sagen vor Gericht aus, wer sie dazu veranlaßt hat, Cravelli auf das Institutsgelände zu lassen, Sie kündigen außerdem Ihre Stellung bei dem SRL – und der Bundesanwalt verzichtet dafür auf Strafverfolgung. Besser, Mr. Donnovan, können Sie aus dieser Geschichte nicht herauskommen. Sie brauchen jetzt nichts zu sagen. Trinken wir in Ruhe eine Tasse von Ihrem Kaffee, und bedenken Sie dabei auch, daß Ihnen niemand etwas Übles nachsagen kann, wenn Sie selbst gekündigt haben! Mit Ihrem Hund werden Sie bestimmt wieder irgendwo einen Wächterposten finden. Aber was sollte aus Ihrem Hund werden, wenn Sie ins Gefängnis müßten? Würde er nicht vielleicht sogar verhungern, weil er ja ohne Ihre Erlaubnis keine Nahrung zu sich nimmt?«

Ich hatte den richtigen Ton getroffen.

Es war um 2.30 Uhr nachmittags, als ich ins Office zurückkam. Da ich am frühen Morgen mit der Subway gleich zu dem Nachtwächter Donnovan gefahren war, galt mein erster Blick Phils Schreibtisch.

Zeery saß auf Phils Stuhl. Wut stieg in mir auf, Wut auf meinen Freund Phil. So hatte ich ihn noch nie erlebt. Daß er sich verliebte – okay, er war schließlich ein Mann.

Aber mußte er ausgerechnet auf das Golden Girl hereinfallen?

Zeery hatte meinen Blick mißverstanden und sagte: »Steve und ich haben darum geknobelt, wer hier die Stellung hält und die Telefonwache übernimmt. Steve hat verloren und ist wieder hinüber nach Jersey gefahren, um weitere Informationen zu sammeln.«

»Das ist schon in Ordnung, Zeery«, sagte ich. »Gab's was Neues?«

»Ein gewisser McPherson hat ein paarmal angerufen. Er habe dir etwas Dringendes mitzuteilen.«

»Das ist der Tagespförtner vom SRL«, erklärte ich. »Wollen mal hören, was er auf dem Herzen hat.«

Ich rief das Institut an, ließ mich von der Vermittlung mit PcPherson verbindung und erfuhr, daß Dr. Bellway heute zweimal die gleiche Zeitung erhalten hatte.

»Dann trifft er sich heute wieder mit diesem Nichtraucher«, murmelte ich, nachdem ich dankend den Hörer aufgelegt hatte.

»Du sprichst in Rätseln«, tadelte Zeery.

Ich erklärte ihm alles Nötige. Dann rief ich unsere Observierungsabteilung an.

»Wie viele Leute sind auf Bellway angesetzt?« fragte ich.

»Zwei G-men.«

»Okay. Wenn er vor 5 Uhr abends das Institut verläßt, will ich sofort verständigt werden. Ich habe Grund zu der Annahme, daß heute abend irgendwann nach 8 Uhr ein konspiratives Treffen stattfinden wird, und zwar im MEXIKO STEAKHOUSE, Ecke Willis Avenue und Bruckner Boulevard. Bellway kennt mich. Also kann ich mich dort nicht sehen lassen, wenn ich die Pferde nicht scheu machen will. Er wird sich wahrscheinlich mit einem Mann treffen, der irgendwie militärisch wirkt.«

Ich beschrieb den Mann, der an der Bar des Restaurants für Bellway eine Zigarettenschachtel liegengelassen hatte.

»Nicht gerade die originellste Art, sich Nachrichten zukommen zu lassen, aber so machen sie es eben«, fuhr ich fort. »Wenn sie mit Bellway Verbindung aufnehmen wollen, bringen sie ihm ein Exemplar der Zeitung, die er sowieso abonniert hat, zum Institut. Er hat also zwei Exemplare in seinem Postfach liegen. Dann weiß er, daß man abends mit ihm Kontakt aufnehmen wird. Anders kann das gar nicht sein. Phil und ich haben selbst beobachtet, wie ihm die zweite Zeitung von einem Liliputaner aus einem Diplomatenwagen gebracht wurde. Wir müssen unter allen Umständen erfahren, wer hinter diesen Leuten steht, die mit Bellway den heimlichen Kontakt unterhalten. Schickt also so viele Leute in das Restaurant, daß ihr auf jeden Fall die Spur dieser Kontaktleute aufnehmen und verfolgen könnt!«

Ich legte den Hörer auf und schüttelte den Kopf. Auch diese Angelegenheit war so verdammt stümperhaft organisiert, daß es kaum zu glauben war. Wenn die Jungs aus Washington ihre Sicherheitsüberprüfungen wirklich ernsthaft betrieben hätten, hätten sie diesen von einer Zeitung herbeigeführten Kontakt längst entdecken müssen.

»Was hast du da eben von einem Liliputaner gesagt?« fragte Zeery und zupfte die Manschetten seines maßgeschneiderten Oberhemds zurecht.

Ich erzählte ihm auch diese Geschichte, aber mittendrin stutzte ich und lachte plötzlich. Zeery sah mich erstaunt an.

»Kein Liliputaner!« rief ich. »Ein Kind! Ein zehn- oder elfjähriger Junge! Natürlich, das ist die Erklärung! In der Logik dieser Leute werden alle Zeitungen in Amerika von Schuljungen ausgetragen. Das ist eben der böse Kapitalismus! Wenn sie Bellway jetzt die zweite Zeitung vor die Institutstür legen, wollen sie es – ihrer Vorstellung nach – natürlich echt amerikanisch erscheinen lassen. Also schicken Sie ein Kind. Himmel, in dieser Geschichte ist alles so idiotisch, daß anscheinend immer nur die primitivste Erklärung stimmt!«

Ich hatte den Nagel auf den Kopf getroffen, nur ahnte ich noch nicht, wie genau.

Um 4.56 Uhr nachmittags rief Steve Dillaggio aus Jersey City an.

»Hallo, Jerry«, sagte er. »Ich glaube, ich habe etwas Wichtiges erfahren. Aber wir werden es nicht vor Gericht verwerten können, denn mein Informant ist unter gar keinen Umständen bereit, vor Gericht auszusagen.«

»Informationen haben manchmal ihren Eigenwert, auch wenn man sie nicht dem Gericht präsentieren kann«, sagte ich. »Was sagt denn dein Informant?«

»An den Mann bin ich dank der FBI-Kollegen hier in Jersey überhaupt erst rangekommen. Er ist ein berufsmäßiger Spieler und als solcher hier aktenkundig. Die Kollegen lassen ihn in Ruhe, weil er sie manchmal mit Informationen aus der Glücksspielszene versorgt.«

»Ich verstehe.«

»Dieser Mann hat im letzten halben Jahr mehrmals an geheim veranstalteten Glücksspielen teilgenommen. Und wie das bei Spielern halt so ist: Man stößt immer mal wieder auf alte Bekannte.«

»Logisch.«

»Unser Mann lernte Gino Cravelli kennen. Er behauptet, daß Cravelli kein guter Spieler ist, weil er sich geradezu verbissen auf die Mathematik verläßt. Jedenfalls verlor Cravelli nach den Beobachtungen unseres Mannes im letzten halben Jahr eine Menge Geld und spielte zum Schluß nur noch gegen Schuldscheine.«

»Das gibt's doch gar nicht«, sagte ich. »Bei geheimen Glücksspielen nimmt kein Veranstalter mehr als einmal einen Schuldschein.«

»Im Falle Cravelli geschah es. Die Veranstalter des Spiels hatten offenbar von ihren Hintermännern Anweisung, von Cravelli Schuldscheine entgegenzunehmen. Und ebenfalls von einem zweiten Mann. Was meinst du, wer der zweite ist, von dem Schuldscheine mit sogar noch größeren Summen angenommen wurden?«

»Professor Jackson«, sagte ich, ohne nachzudenken.

»Das ist unfair!« maulte Steve. »Warum schickst du mich bei dem Wetter raus, wenn du schon alles weißt?«

»Ich weiß es erst jetzt, Steve, dank deiner hervorragenden Arbeit. Vorher habe ich es nur geahnt. Hat euer Gewährsmann auch von der Höhe der Beträge gesprochen?«

»Er kann sich nicht festlegen, aber er meint, daß

Cravelli vielleicht mit 50 000 in der Kreide sitzt. Bei Professor Jackson freilich nannte er eine Summe, die ich fast für unmöglich halte.«

»Welche Summe nannte er im Zusammenhang mit Jackson?«

»Eine halbe Million Dollar!«

»Warum sollte das unmöglich sein?« fragte ich. »Der Kredit, den man jemand einräumt, hängt doch ganz davon ab, was der Betreffende als Gegenleistung bieten kann, nicht wahr?«

»Hat dieser Jackson denn solche Sicherheiten? Hat er etwa eine Villa mit Privatstrand, eigener Jacht oder sowas? Oder Aktienpakete?«

»Er hat doch etwas viel Wertvolleres«, sagte ich ernst. »Er hat alle Berechnungen und Pläne für das modernste Raketenabwehrsystem der Welt!«

XI

Nachdem ein paar Stunden Pause gewesen war, begann es um 8 Uhr abends wieder zu schneien. Ich stand in unserem Office am Fenster und schaute in die Nacht hinaus. Die Flocken kamen groß und lautlos aus einem schwarzen Himmel herab.

Etwas fehlte mir. Das Office kam mir auf einmal viel zu groß vor. Natürlich lag es daran, daß Phil seit Tagen nicht im Dienst war.

Das Telefon klingelte. Ich ging zu meinem Schreibtisch und nahm den Hörer.

»Bellway hat gerade das mexikanische Steakhaus betreten«, meldete einer aus unserem Observierungsteam. »Wir haben sechs Mann schon drin. Die können ihm eigentlich nicht auffallen, eben weil sie vor ihm das Lokal betreten haben.«

»Sehr schön«, sagte ich. »Meldet euch wieder, wenn sich etwas getan hat!«

Ich legte den Hörer auf und zündete mir eine Zigarette an. Wenn man es genau bedachte, konnte man nur den Kopf schütteln. Eine Explosion hatte uns zum SRL geführt. Aber seither waren wir allen möglichen Leuten auf die Spur gekommen, nur nicht den Burschen, die die Explosion verursacht hatten – aus einem unerklärlichen Grunde verursacht hatten. Denn nach Expertenmeinung hatten sie ja die Tür, wo sie ihre Höllenmaschine hochgehen ließen, unter gar keinen Umständen öffnen wollen.

Wie immer, wenn man nur warten kann, gingen die Gedanken spazieren. Cravelli fiel mir ein, dieser Unglücksrabe, den der Nachtwächter Donnovan auf das Gelände gelassen hatte, weil ihm 2000 Dollar dafür bezahlt worden waren. Weder Cravelli noch der Nachtwächter konnten ahnen, daß ausgerechnet in dieser Nacht und ausgerechnet vor dem Bunker, in den Cravelli mit einem Schlüssel hinein wollte, eine Höllenmaschine explodieren würde. Cravelli wurde schwer verletzt.

Da ihn der Pförtner auf das Gelände gelassen hatte, wäre es nur logisch gewesen, wenn er versucht hätte, auf demselben Wege wieder davonzukommen. Aber wer ist schon logisch, wenn er gerade dem Tode entkommen ist? Vielleicht traute Cravelli nach der Explosion auch dem Pförtner nicht mehr und kletterte deshalb auf das Dach und sprang über den Zaun.

Draußen warteten die Gesandten der Mafia. Sie hatten Cravelli in der Hand wegen seiner Spielschulden bei ihnen. Deshalb hatten sie den Computerfachmann Cravelli zum SRL geschickt. Er sollte für die Mafia die Berechnungen und die Pläne für den Abwehrsatelliten besorgen.

Ich stutzte. Cravelli wäre ohne die Explosion vielleicht an die Computer herangekommen. Aber was hätte es ihm genützt? Um die Computer in Betrieb zu setzen und von ihnen Staatsgeheimnisse abfragen zu können, gab es doch garantiert ein Codewort, ohne das gar nichts lief.

Andrerseits – wer Cravelli den Schlüsslel zum Bunker auslieh, der hatte ihm wahrscheinlich auch das Codewort sagen können. Und da kamen eben nur drei Leute in Betracht: Dr. Bellway, Professor Jackson und – das Golden Girl: Miß van Heeren. Man konnte es drehen und wenden, wie man wollte, man stieß immer wieder auf das Golden Girl . . .

Ich weiß nicht mehr, wie viele Zigaretten ich an diesem Abend geraucht hatte, als das Telefon wieder anschlug.

»Die von dir vorausgesagte Kontaktaufnahme hat stattgefunden, Jerry«, berichtete der Kollege vom Überwachungsteam. »An der Bar, wie du es beschrieben hattest. Nur war's diesmal umgekehrt.«

»Wie umgekehrt?«

»Diesmal legte Bellway die Zigarettenschachtel hin, und der andere steckte sie ein. Vorher hatte Bellway eine kurze Mitteilung auf einen Zettel geschrieben und den Zettel in die Zigarettenschachtel geschoben.«

»Jetzt müßte man wissen, was auf diesem Zettel stand!« seufzte ich.

»Sag mal, Jerry, du traust uns wohl gar nichts zu – oder?« fragte der Kollege und spielte gekränkt.

»Soll das heißen, ihr wißt es?«

»Na, sicher doch. Wir hatten zwei Kollegen an der Bar genau neben Bellway sitzen. Als er anfing zu schreiben, haben die beiden Kollegen den Augenblick abgepaßt, da er mit dem Schreiben fertig war. In diesem Augenblick hat ihm einer ›versehentlich‹ einen halben Whisky über den Ärmel gekippt.«

»Ihr seid Genies!« sagte ich inbrünstig.

»Ja, wir sind wirklich gut«, meinte der Kollege in rührender Bescheidenheit. »Während der angebliche Pechvogel sich entschuldigte und dabei mit seinem Taschentuch heftig Bellways nassen Ärmel abrieb, konnte der andere Kollege einen schnellen Blick auf den Zettel werfen.«

»Und was stand drauf?«

»Wörtlich folgender Text: *Lieferung wie vereinbart gegen bar heute 0200 Parkplatz Lincoln Ave Bruckner Bou.* Das war der ganze Text.«

»Für den Verrat des wichtigsten militärischen Geheimnisses, das die USA derzeit besitzen, reicht es ja auch«, sagte ich grimmig.

»Jerry, da ist noch etwas anderes.«

»Was?«

»Ich habe den Eindruck, als ob außer uns noch andere Leute Bellway beschatten. Ich habe keinen Beweis dafür, es ist nur so ein Gefühl.«

»Gefühle sind manchmal gut, und manchmal täuschen sie«, meinte ich. »Ab sofort laßt ihr Bellway und seine Kontaktleute in Ruhe. Wir wollen sie nicht in letzter Minute kopfscheu machen.«

»Hältst du das für richtig?«

»Sonst hätte ich es nicht gesagt. Ihr habt für den Augenblick nur noch zwei Dinge zu tun: vergewissert euch, mit welchem Auto Bellway und mit was für einem Wagen der andere gekommen ist, damit wir sie heute nacht wiedererkennen, wenn sie auf den Parkplatz vorn unterhalb der Third Avenue Bridge fahren! Und prägt euch das Gesicht des Mannes ein, der von Bellway die Zigarettenschachtel mit dem Zettel bekam! Damit wir ihn später identifizieren und unserer Regierung als Spion melden können. Ich wette, daß wieder einmal jemand seinen Diplomatenstatus mißbraucht.«

»Okay, Jerry. Was tun wir danach?«

»Stellt fest, wie viele Zufahrten es zu diesem Parkplatz gibt! An jeder muß ein Wagen von euch stehen. Und zwar innerhalb von einer Stunde. Es ist nicht auszuschließen, daß Bellway oder die Gegenseite nachprüfen, ob auf dem Parkplatz keine Falle aufgebaut ist. Wir müssen dort sein, bevor sie kontrollieren.«

»Kein Problem. Wir können in zehn Minuten da sein. Und wie soll es heute nacht ablaufen?«

»Das weiß ich noch nicht. Wenn wir sie kopfscheu machen, verschieben sie ihren Deal, und wir können mit der Arbeit von vorn anfangen. Und wer weiß, ob es uns beim nächsten Mal gelingt, ihren Zettel mit der Verabredung zu lesen. Deshalb werde ich allein auf dem Parkplatz anwesend sein. Aber wenn sie ihr Geschäft getätigt haben und wieder wegfahren, dann hängt ihr euch dran. Hinterher, wenn es zu spät für sie ist, können sie ruhig merken, daß wir ihnen auf den Fersen sind.«

»Okay. Alles klar.«

Ich legte den Hörer auf und rieb mir die Hände. Endlich geschah etwas in diesem Fall, was mindestens schon mal die eine Interessentengruppe auszuschalten gestattete! Danach konnten wir uns dann um so besser auf die Mafia konzentrieren. Und auf die Leute, die bei der Mafia die Pläne des Abwehrsystems bestellt hatten. Denn mit so etwas konnte ja die Mafia selbst nichts anfangen. Die mußte einen Käufer haben. Einen, der genug geboten hatte, daß es der Mafia dabei nicht einmal auf ein paar Menschenleben ankam.

Das Telefon klingelte schon wieder. Diesmal war es zu meiner Überraschung der Nachtwächter Rick Donnovan, der mich anrief.

»Gilt unsere Abmachung noch, Mr. Cotton?« fragte er besorgt. »Ich meine, daß Sie keine Anzeige gegen mich erstatten werden?«

»Wenn Sie vor Gericht aussagen, wer Ihnen Geld gegeben hat, damit Sie Cravelli auf das Institutsgelände lassen, werden wir uns an unsere Zusicherung halten. Sie treten dann als Kronzeuge auf.«

»Wer das war? Aber das habe ich Ihnen doch gesagt, Mr. Cotton: Ich weiß nicht, wie der Mann heißt!«

»Darum geht es auch nicht. Wir finden den Mann schon, und Sie brauchen dann nur auszusagen, daß er es war, der Ihnen das Geld gegeben hat.«

»Ach so, ja. Natürlich, das mache ich, das habe ich Ihnen ja versprochen. Ich würde verrückt, wenn ich im Gefängnis säße und wüßte nicht, wie es meinem Cäsar geht.«

»Okay, Mr. Donnovan, ich habe noch zu tun . . .«

»Augenblick, Mr. Cotton, deswegen habe ich nicht angerufen. Ich wollte Ihnen etwas anderes sagen. Weil Sie verdammt anständig zu mir waren. Also das ist nämlich so: Dr. Bellway hat heute länger gearbeitet. Und er ist im Bunker gewesen, als alle anderen schon gegangen waren. Ich hab's nur zufällig gesehen. Und als er gegen halb acht ging, sagte er zu mir, daß er nach dem Abendessen wiederkomme. Er habe noch eine sehr dringende Arbeit zu erledigen. Geht das in Ordnung?«

»Ja, das geht in Ordnung«, erwiderte ich. »Aber sagen Sie ihm um Himmels willen nicht, daß Sie uns verständigt haben!«

»Nein, nein, natürlich nicht.«

»Okay. Danke für die Information.«

Ich legte auf. Und dann fing ich an, alle nötigen Vorbereitungen für den Parkplatz zu treffen. 0200 bedeutete natürlich zwei Uhr früh. Und bis dahin hatte ich viel Zeit . . .

Kurz vor Mitternacht fuhr ich in einem neutralen Dienstwagen mit getönten Scheiben auf den Parkplatz. Ich stieg aus, schloß den Wagen ab und ging zu Fuß die Lincoln Avenue hinauf. Es schneite wieder einmal. Außer mir schien kein Mensch mehr in New York unterwegs zu sein.

Ich sah mich ein paarmal um, aber ich wurde nicht verfolgt. Ich bog in die 134th Street ein und ging einmal um den ganzen Block. Als ich ganz sicher war, daß ich nicht beobachtet wurde, schlich ich mich von der Third Avenue her wieder auf den Parkplatz.

Es standen ungefähr 200 Wagen auf dem Parkplatz. Irgend jemand mußte hier Schnee geschippt haben, denn zwischen den Autoreihen zogen sich fast meterhohe Schneeberge hin. Das war das einzig Gute, was dieser Winter bisher für uns gebracht hatte. Im Schutz der Schneewälle lief ich geduckt bis zu meinem Wagen, schloß die Beifahrertür auf und kroch hinein.

Das Warten fing an. Ich hatte mir aus der Fahrbereitschaft ein paar Decken und aus der Kantine eine Thermoskanne mit heißem Tee mitgeben lassen. Bei den meisten Observierungen muß man auf derlei Annehmlichkeiten verzichten.

Wir wußten inzwischen, mit wem Bellway sein mieses Spiel trieb: mit den Russen. Natürlich hatten die das größte Interesse an unserem Raketenabwehrsystem. Wenn es funktionierte, bedeutete es ja für sie, daß sie ihre auf uns gerichteten Interkontinentalraketen verschrotten konnten.

Es war ganz einfach gewesen, das herauszufinden. Der Mann mit dem militärischen Aussehen, der von Bellway die Zigarettenschachtel mit der Mitteilung über diesen Treffpunkt hier geholt hatte, hatte einen beigefarbenen Dodge gefahren. Das gleiche Auto, aus dem der Junge mit der Zeitung für Bellway ausgestiegen war. Und laut amtlichem Kennzeichen war der

Wagen für die sowjetische UN-Delegation zugelassen . . .

Um 0.55 Uhr kam von der Third Avenue her ein dunkler Thunderbird, der den ganzen Parkplatz abfuhr. Ich duckte mich, als er durch meine Parkreihe fuhr.

Es hätte ein paar freie Plätze gegeben, aber der Thunderbird verschwand wieder. Eine Viertelstunde später erschien der beigefarbene Dodge das erste Mal. Auch er fuhr sämtliche Parkreihen ab und verschwand wieder.

Der Rufer meines Sprechfunkgeräts summte. Ich lag auf der vorderen Sitzbank und angelte mir das Mikrofon herab.

»Cotton. Was ist los?«

»Hast du ihn gesehen? Den Dodge?«

»Sicher.«

»Das ist er!«

»Das weiß ich auch. Was ist mit dem blauen Thunderbird, der vorhin hier war?«

»Hat auch ein Diplomatenkennzeichen.«

»Dann wird's dieselbe Firma sein.«

»Ganz bestimmt.«

»Okay. Es bleibt, wie abgemacht: ihr greift nur ein, wenn ich rufe oder wenn ihr Schüsse hört. Wenn alles still bleibt, hängt ihr euch nur an die Wagen, die von hier abfahren, und stellt fest, wo sie hinfahren. Das ist alles.«

»Ja, ja, schon klar. Ende.«

Ich drückte das Mikrofon in die Halterung zurück und schenkte mir einen Becher Tee ein. Trotz der Dekken bekam ich kalte Füße. Sonst denken die New Yorker im Winter immer sehnsüchtig an Florida, aber in diesem Winter mußte man seine Fantasie schon ein bißchen weiter schicken. Denn zum ersten Male seit Menschengedenken waren in Florida die Orangenbüsche erfroren. Als ob eine neue Eiszeit bevorstünde . . .

Bellway ließ auf sich warten. Es war 2.09 Uhr, als er endlich kam. Er fuhr einen rotbraunen Chevrolet, wie mir das Observierungsteam gemeldet hatte. Kaum war er drei Parkreihen weiter auf einen freien Platz gefahren, da kam auch der beigefarbene Dodge wieder. Er fuhr auf einen Parkplatz in der übernächsten Reihe.

Ich schob lautlos die Beifahrertür auf und kroch hinaus. Damit ich in diesen entscheidenden Minuten um Himmels willen kein Geräusch verursachte, ließ ich die Beifahrertür angelehnt, ohne sie ins Schloß zu drücken.

Der Schnee kam meinen Absichten zugute. Niemand konnte hören, wie ich geduckt hinter den Autoreihen dahinschlich. Beim vorsichtigen Ausschauhalten sah ich, daß sich Bellway und ein Mann aus dem Dodge offenbar entgegengingen. Ich kletterte über einen Schneewall, kroch an einem VW-Bus entlang, kletterte über einen zweiten Schneewall und kroch an ihm entlang. Bellway und der andere trafen sich auf der anderen Seite des schnurgeraden Schneewalls.

Ich legte mich mit dem Oberkörper in den Schnee und lauschte. Hätte ich den Kopf gehoben, hätte ich sie sehen müssen, denn sie waren höchstens fünf Meter von mir entfernt.

»Haben Sie alles?« fragte jemand mit einem harten Akzent.

»Haben Sie das Geld?«

»Wie besprochen. Eine Million und 200000.«

»Zeigen Sie!«

»Bitte. Sie können nachzählen.«

Man hörte Kofferschlösser klappen. Eine Weile blieb es still. Dann kam Bellways Stimme wieder: »Okay. Es scheint zu stimmen. Hier ist Ihre Ware.«

Die Stimme mit dem harten Akzent klang enttäuscht, als sie sagte: »Das ist alles?«

»Es sind 38 Mikrofilme. Ich habe Wochen gebraucht, bis ich alles darauf hatte. Es sind alle Berechnungen, alle Formeln, sogar alle computergezeichneten Baupläne sämtlicher Einzelteile.«

»Gut. Dann wollen wir uns trennen.«

»Nur eine Frage«, sagte Bellway. »Was machen Sie, wenn ich Sie getäuscht habe? Wenn auf den Mikrofilmen gar nichts ist?«

Für eine Sekunde war es sehr still. Dann sagte die harte Stimme: »Wir würden Sie finden. Überall in der Welt. Und das wäre dann gar nicht schön für Sie.«

»Ich glaub's«, erwiderte Bellway rauh. »Ich glaub's. Es war ja auch nur eine Frage.«

Ich fuhr mit der Hand unter das Jackett, um meinen Revolver zu ziehen. Dies war der Augenblick zum Eingreifen. Denn natürlich durfte der Russe unter keinen Umständen mit den Filmen verschwinden.

Aber in diesem Sekundenbruchteil hatte ich plötzlich eine Hand in einem Lederhandschuh vor meinem Mund, die eiskalte Mündung eines Revolvers an meiner rechten Schläfe – und das Gewicht von mindestens zwei Männern im Rücken, die mich in den Schnee drückten, daß ich fast erstickt wäre.

Ich versuchte alles, was ich nur wußte und je gelernt hatte, um sie abzuschütteln. Aber die Mistkerle verstanden ihr Handwerk. Es kam mir wie eine halbe Ewigkeit vor, bis sie von mir abließen, obwohl es wohl nur zwei Minuten waren. Allerdings waren es die entscheidenden zwei Minuten, denn bevor sie mich freigaben, hörte ich, wie der Dodge und Bellways Chevrolet davonfuhren.

Ich wollte meinen Revolver herausreißen, kaum daß sie mich losgelassen hatten. Aber da leuchtete mir einer mit einer Taschenlampe ins Gesicht, und ein anderer hielt mir ein aufgeklapptes Etui hin. Die Buchstaben CIA sprangen mir förmlich ins Gesicht.

»Bleiben Sie ruhig, Cotton!« sagte einer. Wie ich jetzt erkennen konnte, waren es sogar vier Mann. »Sie haben die verdammten Pläne endlich. Es hat uns viel Mühe gekostet, die Sicherheitsvorkehrungen im Labor so lasch zu halten, daß die Kerle an die Pläne rankommen konnten, ohne zu merken, daß sie rankommen sollten.«

Ich hatte das Gefühl, als wäre in meinem Kopf eine große Blase mit einer betäubenden Flüssigkeit geplatzt.

»Was ist los?« krächzte ich heiser vor Wut. »Die Russen sollen die Pläne kriegen?«

»Natürlich. Wenn sie erkennen, daß ihre Raketen nicht mehr viel wert sind, werden Sie über die Abrüstung mit sich reden lassen.«

»Warum, zum Teufel, habt ihr ihnen dann die Pläne nicht einfach gegeben?«

»Mann, Cotton, haben Sie denn gar keine Ahnung von der Mentalität dieser Leute? Daß die Pläne echt sind, glauben die nur, wenn die Schwierigkeiten, sie zu kriegen, groß genug waren!«

»Ihr habt die ganze Zeit gewußt, daß Bellway ihnen die Pläne liefern wollte?«

»Na sicher. Bellway arbeitet doch für uns. Aber wenn der ihnen die Pläne so einfach hingelegt hätte, hätten die garantiert an einen Propagandatrick unserer Regierung geglaubt. Sie mußten sehen, daß sogar der berühmte FBI sich hart um den Schutz des SPACE RESEARCH LABORATORY kümmert.«

»Dann habt ihr die Explosion verursacht?«

»Klar. Ein schwarzes Tuch über eine Kontrollkamera am Zaun, das Paket Bombe-Zünder rüber, der Mann bringt's zur Tür, stellt den Zünder ein und klettert wieder über den Zaun zurück, als die Kontrollkamera das zweite Mal mit einem schwarzen Tuch verdeckt ist.«

»Der Nachtwächter glaubte, im Kontrollmonitor sei ein Wackelkontakt.«

»Na, dann hat's ja prima geklappt.«

»Bis auf den Toten, den es dabei gab.«

»Der Kerl hatte überhaupt nichts auf dem Gelände zu suchen! Das ist euer Job, diese Sache zu klären. Unsere Arbeit ist erledigt. Die Russen haben die Pläne. Wenn man es sich genau überlegt, ist es allerdings ein Witz. Wir hätten sie ihnen umsonst gegeben, aber dann hätten sie uns nicht geglaubt. Jetzt haben sie 1,2 Millionen Dollar dafür bezahlt, und deshalb glauben sie, daß sie echt sind. Eine verrückte Welt.«

Ja, dachte ich. Eine verdammt verrückte Welt, weil es diese verdammt verrückten Geheimdienste gibt.

Blutiges Intermezzo (II)

Es war Sonnabend. Ich war verdammt spät ins Bett gekommen. Ich war noch viel später erst eingeschlafen, denn in mir nagte eine kalte Wut über diese Heinis von der CIA, die den FBI für ihre Zwecke eingespannt und an der Nase herumgeführt hatten. Es war also verdammt kein Wunder, daß ich um 11 Uhr vormittags noch schlief.

Und genauso spät war es, als es bei mir an der Wohnungstür klingelte.

Ich blinzelte in den Sonnenschein, der durchs Fenster fiel, und überlegte. Kollegen vom FBI konnten es kaum sein, die hätten einfach angerufen. Privat erwartete ich keinen Besuch – aber Phil! Phil konnte es sein. Der Junge hatte ja eine Menge gutzumachen.

Ich zog einen Bademantel an und ging zur Tür.

Draußen stand ein hagerer Bursche von vielleicht 50 Jahren. Er hatte einen schmalen Schädel mit eisengrauem Haar, eine ungewöhnlich große Nase und einen dicken grünen Schal um den wahrscheinlich spindeldürren Hals gewickelt. Er trug einen dicken dunklen Wintermantel und gefütterte Stiefel.

»Guten Morgen«, sagte er. »Sie sind Mr. Cotton, nicht wahr?«

Seiner Stimme war deutlich anzuhören, daß er sich mit einer schweren Erkältung abplagte. Ich nickte stumm und fuhr mir durchs ungekämmte Haar.

»Ich bin Jim Hancock«, sagte der Grauhaarige. »Chef vom Dienst beim Herald. Ich habe eine Nachricht von Johnny O'Connor für Sie.«

Johnny war ein alter Freund von uns. Aber es wunderte mich, daß er seinen Chef schickte. Warum kam er nicht selbst oder rief einfach an?

»Kommen Sie herein, Mr. Hancock!« bat ich. »Sie entschuldigen meinen Aufzug. Aber ich bin erst um 5.30 Uhr heute früh ins Bett gekommen.«

»Ich muß Sie um Entschuldigung bitten, daß ich Sie zum Wochenende störe. Ich hätte es nicht getan, wenn es mir nicht sehr wichtig vorgekommen wäre.«

Ich führte ihn ins Wohnzimmer. Er zog seinen Mantel aus, behielt aber den dicken Schal um den Hals. Er griff in seine innere Brusttasche und holte einen Briefumschlag heraus.

»Ich muß Ihnen etwas erklären, Mr. Cotton«, begann er. »Sie sehen und hören ja, daß ich erkältet bin. Ich komme gerade vom Arzt und konnte es natürlich nicht lassen, mal in der Redaktion vorbeizuschauen. Ich war seit Montag nicht mehr in der Redaktion wegen meiner Erkältung. Auf dem Schreibtisch fand ich diesen Brief. Er ist an mich gerichtet und trägt, wie Sie sehen, den Vermerk *Persönlich*. Deshalb hat niemand in der Redaktion gewagt, ihn zu öffnen. Ich habe ihn aufgemacht und zuerst einmal diesen Zettel gefunden.«

Er holte ein Blatt Papier heraus udn legte es vor mich hin. Es war mit Schreibmaschine beschrieben und hatte folgenden Wortlaut:

Jim, du alter Gauner, ich bin hinter einem ausgesprochenen Skandal her, in den zwei so liebenswerte Institutionen verwickelt zu sein scheinen wie die Regierung der Vereinigten Staaten und die Mafia – das paßt zusammen, was? Als aufrechter Demokrat traue ich weder der einen noch der anderen. Wenn du bis heute abend 6 Uhr von mir keine Nachricht hast, dann sorge dafür, daß Jerry Cotton vom hiesigen FBI den beigefügten Brief erhält!

Ich warf einen Blick auf das Datum am Kopf des Schreibens und rechnete. »Das ist ja vom Montag!« sagte ich erschrocken.

»Eben«, bemerkte Hancock. »Hier ist Ihr Brief.«

Er zog einen zweiten, gefalteten Umschlag aus dem ersten. Ich riß ihn auf und las Johnnys Brief:

Cotton, altes Schneehuhn, wenn Sie diese Zeilen lesen, ist es für mich vielleicht schon zu spät. Die Sache ist so: Ein Informant hat mir erzählt, daß es droben in der Süd-Bronx gekracht hat. Auf dem Gelände des SPACE RESEARCH LABORATORY, was ein Verein ist, der für die Regierung arbeitet. Wenn es so ist, daß unsere Regierung ihre Anlagen mit Selbstschußanlagen oder Höllenmaschinen oder sonstwas glaubt schützen zu müssen, dann erkläre ich meiner Regierung den Krieg. Wir sind nicht in Rußland und wollen auch deren Zustände nicht. Ich werde also der Regierung auf die Finger schauen, wie das alle Demokraten gefälligst ständig tun sollten.

Wenn's nur um die Regierung ginge, würde ich diesen Brief nicht schreiben. Aber da soll auch noch die Mafia verwickelt sein, und das macht mich ein bißchen vorsichtiger. Mein Informant sagt, daß ein gewisser Gino Cravelli im Auftrag der Mafia einen Einbruch in dieses Labor versucht habe und durch diese Selbstschußanlage oder was auch immer ums Leben gekommen sei. Was hat die Mafia in einem Raumlabor zu suchen? Da muß doch etwas dahinterstecken, was einen alten Polizeireporter neugierig macht. Ich kenne einen ›Leutnant‹ von der Mafia, er heißt Al Sonstwas, aber er ist leicht zu erkennen, denn an der linken Hand fehlt ihm der kleine Finger. Wenn er nicht ›arbeiten‹ muß, hängt er in Benson's Billardsalon rum. Und da fahre ich jetzt hin. Wenn Sie diesen Brief überhaupt bekommen, heißt das, daß die Mafia meine Neugierde übelgenommen hat. In diesem Falle sollten Sie sich überlegen, ob Sie etwas tun können für Ihren alten Kumpel

Johnny O'Connor

»Oh, verdammter Mist«, stöhnte ich. »Seit Montag lag der Brief auf Ihrem Schreibtisch?«

»Ja. Johnny hätte den Vermerk *Persönlich* nicht draufschreiben dürfen. Meine Sekretärinnen glaubten, es sei etwas Privates. Deshalb hat ihn niemand aufgemacht.«

»Ich fahre sofort zu dem Billardsalon«, sagte ich grimmig.

»Wir nehmen meinen Wagen«, entschied Hancock. »Denn ich komme mit.«

Ich nahm mir nicht die Zeit, mit ihm zu diskutieren. Zeit hatten wir genug verloren. Ich duschte schnell, rasierte mich im Blitztempo und zog mich an. Keine zehn Minuten später waren wir bereits unterwegs. Benson's Billardsalon kennt in New York jedes männliche Wesen, das älter als 15 Jahre ist.

In der Stadt war wenig Betrieb. Kein Wunder, es war Sonnabend, und folglich gab es keinen Berufsverkehr. Als wir den Billardsalon betraten, lungerten ein paar schräge Typen vorn an der Theke herum. Sie hatten genügend Erfahrung im Umgang mit der Polizei, daß sie den »Schnüffler« in mir gegen den Wind rochen.

Hancock und ich durchquerten den vorderen Raum und gingen nach hinten, wo die Billardtische standen. Wir hatten Glück.

Am vierten Tisch spielte dieser Al mit einem etwa 25jährigen Burschen, der gut und gern zwei Zentner wiegen mochte, von denen aber nicht ein Gramm für Intelligenz benötigt wurde.

Ich hielt mich nicht mit Vorreden auf, sondern nahm Al den Billardstock aus der Hand, packte ihn mit der anderen am Revers und lehnte ihn gegen die Wand, bevor er überhaupt begreifen konnte, daß er Besuch hatte.

»Johnny O'Connor hat am Montag mit dir gesprochen«, sagte ich leise. »Ich will . . .«

Eine schwere Hand packte mich hart an der rechten Schulter. Ich drehte ich um. Vielleicht hatte ich dabei versehentlich den rechten Ellbogen zu spitz angewinkelt, denn der Zweizentner-Junge segelte rückwärts über den Billardtisch und krachte gegen den nächsten.

»Geh nach Hause spielen!« sagte ich warnend. »Und misch dich nicht in die Unterhaltung von Erwachsenen! Al, Sportsfreund und Billardbruder, ich bin ein G-man vom FBI. Und Johnny O'Connor ist ein alter Freund von mir. Reicht das – oder muß ich ausführlicher werden?«

Ich mußte nicht ausführlicher werden.

»Sie können aber mächtig rangehen«, sagte Hancock, als wir wieder in seinem Wagen saßen und südwärts fuhren.

»Es war die Wut«, knurrte ich. »Die Wut darüber, daß wir so viel Zeit verloren haben.«

Und die Wut darüber, dachte ich und behielt es für mich, daß mich heute nacht vier CIA-Leute im Schnee herumgestupst hatten.

»Was machen wir jetzt?« fragte Hancock.

»Ich kenne die beiden, die Johnny abgeholt haben«, sagte ich düster. »Nicht mit Namen. Aber ich weiß, daß sie für Spinker arbeiten, für den Mafiaboß von Jersey. Einer von den beiden hat mich niedergeschlagen, als ich mir das Nummernschild an dem schwarzen Lincoln, der Spinker gehört, genauer ansah.«

»Sie niedergeschlagen? Das kann ich mir gar nicht vorstellen.«

»Wenn Sie wüßten, was ich in meinem Leben schon eingesteckt habe«, murmelte ich. »Wie komme ich jetzt zu dem verdammten Spinker?«

»Wissen Sie, wo er wohnt?«

»Auf dem Lande, drüben in Jersey. Ein Anruf bei den dortigen Kollegen, und wir wissen, wo er wohnt. Aber bei diesem Wetter dauert es ja ein paar Stunden, bis ich dort sein kann.«

»Das könnte man abkürzen.«

»Wie denn?«

»Wir haben einen Hubschrauber.«

»Und den könnten Sie zur Verfügung stellen?«

»Wofür bin ich Chef vom Dienst?«

»Na, dann los!«

Ich konnte es kaum erwarten, bis wir das Verlagsgebäude des Herald erreicht hatten. Von Hancocks Office aus rief ich den FBI im Bundesstaat New Jersey an, also auf der anderen Seite des Hudson, und ließ mir genau beschreiben, wo Spinker seinen vornehmen Landsitz hatte.

Inzwischen hatte Hancock den Piloten des Hubschraubers herbeizitiert. Es war trotzdem schon 2.30

Uhr nachmittags geworden, als wir vom Dach des Herald abhoben.

Hancock hatte mitfliegen wollen. Das hatte ich ihm ausgeredet. Das Unternehmen war kitzlig genug. Da konnte ich keinen gebrauchen, auf den ich hätte aufpassen müssen.

Mit dem Piloten kam ich auf Anhieb zurecht. Er war 32, sah aber eher wie 22 aus und kaute unentwegt Kaugummi. Das Helicopterfliegen hatte er bei der Army gelernt. Es hatte ihm so gut gefallen, daß er es nach seiner Entlassung zu seinem Beruf gemacht hatte.

Wir brauchten eine gute Stunde, bis wir endlich Spinkers riesiges Anwesen erreichten. Es war inzwischen dunkel geworden. Aber in und vor Spinkers Haus brannte so viel Licht, daß ich mich unwillkürlich fragte, ob er sich vielleicht sogar sein eigenes Kraftwerk leistete. Personal mußte er gnügend haben. Denn nicht nur die Privatstraße zu seinem Grundstück, sondern auch die breite Anfahrt vor dem Haus war so weit vom Schnee geräumt, daß Autos ohne Schwierigkeiten vorfahren konnten.

Als wir auf dem Platz niedergegangen waren, drückte ich dem Piloten die Hand und rief ihm zu: »Fliegen Sie nach Hause, und warten Sie bei Hancock auf meinen Anruf, ja? Das hier kann ein Weilchen dauern!«

Er hob den Daumen senkrecht in die Höhe, machte damit die alte Fliegergeste, und ich zog unwillkürlich den Kopf ein, als ich unter den drehenden Rotorblättern weglief.

In der offenen Tür zu Spinkers Riesenbungalow stand ein Neger, der eine schwarze Hose und eine weiße Servierjacke trug. Er wartete, bis sich der Lärm des Hubschraubers entfernt hate. Dann fragte er in unerschütterlicher Ruhe: »Wen darf ich melden, Sir?«

»Jerry Cotton«, sagte ich. Mehr nicht. Denn ich hatte mich noch nicht entschieden, ob ich diesen Besuch als privaten oder als dienstlichen ausführen sollte.

»In welcher Angelegenheit?«

Ich mußte pokern und beschloß, gleich mit einem prächtigen Bluff zu eröffnen. »Ich möchte meinen Freund Johnny O'Connor abholen.«

Der Neger verzog noch immer keine Miene. »Ich werde es melden, Sir«, sagte er steif wie ein englischer Butler. »Wenn Sie bitte hier warten wollen?«

Unter »hier« verstand er die kreisförmige Halle, die soviel Grundfläche besaß wie manche New Yorker Wohnung. Allein der kreisförmige Teppich mußte mehr gekostet haben, als ein G-man in einem halben Jahr verdienen kann.

Eine Minute nach dem Verschwinden des Negers tauchten zwei Männer auf. Sie trugen keine Wintermäntel, aber ich erkannte sie sofort wieder. Es waren die beiden, die den Nachtwächter Donnovan in seiner Kellerwohnung aufgesucht hatten. Der eine, der mit blauschwarzem Haar, war derjenige, der mir den schlecht gezielten Haken verpaßt hatte. Und die beiden hatten Johnny am Montag aus dem Billardsalon abgeholt, das war nach Als Beschreibung eindeutig.

»Na, wen haben wir denn da?« fragte der Schwarzhaarige. »Erkennst du ihn wieder, Bob?«

»Er kommt mir bekannt vor. Wer ist es?«

»Der Kerl, der an unserem Nummernschild herumschnüffelte wie ein Dackel auf Brautschau.«

Die beiden kamen auf mich zu. Ich zog meinen Mantel aus und warf ihn über die Lehne eines Sessels. Ich hatte genügend Zeit dazu, denn zum Durchqueren dieser Halle brauchte man ungefähr so viel Zeit wie ein hungriger Privatdetektiv zum Frühstücken.

»Der fühlt sich hier schon wie zu Hause«, sagte der

Schwarzhaarige, als sie vor mir angekommen waren.

»Dabei wohnt er doch gar nicht hier«, meinte der zweite, der flachsblondes Haar hatte.

»Leg mal deine Pfötchen auf deine Birne«, forderte der Schwarzhaarige und wollte mir auch schon mit der Hand unters Jackett fassen.

Bei einem Mann, von dem man schon einmal angegriffen wurde, kann man eine solche Geste durchaus als Angriff auffassen. Und wenn man angegriffen wird, hat man das Recht, sich zu wehren.

»Ich zeig' dir was«, sagte ich und setzte ihm einen Uppercut genau auf den Punkt.

Er schaffte es in unglaublich kurzer Zeit, rückwärts die ganze runde Halle zu durchqueren und an der gegenüberliegenden Wand mit verglastem Blick zu Boden zu rutschen.

»So schlägt man einen Kinnhaken«, sagte ich. »Zeig's ihm noch einmal, wenn er wieder wach wird! Und jetzt geh mir aus dem Weg!«

Der Blonde hatte fassungslos der Rutschpartie seines Kumpels zugeschaut. Jetzt färbte sich sein Gesicht rot. Er riß eine schwere Magnum heraus und wollte irgend etwas. Ich drückte ihm die Mündung meines Smith & Wesson 38 Special auf die Zähne.

»Laß deine Kanone fallen – sofort!«

Seine Augen waren grünlich-grau und jetzt sehr klein. Er hatte unreine Haut und einen Pickel am linken Nasenflügel.

Es polterte laut, trotz des Teppichs, als die schwere Magnum auf den Boden fiel.

»Kümmere dich um deinen Kumpel!« sagte ich, denn mich beschlich eine gewisse Angst, daß ich zu hart hingelangt haben könnte. »Aber stört mich nicht noch einmal!« fügte ich hinzu, während ich mich nach seiner großkalibrigen Pistole bückte und sie in meine linke Jackentasche steckte. Sie beulte zwar ungeheuer aus, aber ich war ja hier nicht als Dreßman für eine Modenschau.

Eine der vielen Türen ging auf, und ein Bursche erschien, bei dem man sich wunderte, daß Hollywood sich noch nicht für ihn interessiert hatte. Mit einem fast amüsierten Blick bedachte er den am Boden Liegenden, bevor er mich mit den Augen abtastete, daß man den Blick fühlen konnte.

»Jerry Cotton?« fragte er mit einer angenehmen Stimme. »Der bekannte G-man aus New York?«

»Mr. Spinker, nehme ich an?«

»Ja. Bitte, treten Sie doch ein!«

Den Zwischenfall mit seinen Gorillas schien er gar nicht für der Rede wert zu halten. Wir betraten einen noch riesigeren Raum, in dem es eine Sitzlandschaft gab, auf die man eine halbe Kompanie bequem verteilen konnte.

»Was kann ich für Sie tun?« fragte er.

Ich weiß, wann ich Leute mit Format vor mir habe. Mit Bluffs und anderen Mätzchen war diesem Mann garantiert nicht beizukommen. Also mußte man es genau mit dem Gegenteil tun: mit der blanken Wahrheit.

»Hören Sie zu, Spinker«, sagte ich hart, »es ist mir egal, ob sie mir nach diesem Besuch ein paar gerissene Rechtsverdreher auf den Hals hetzen werden! Ich will nur eins: Johnny O'Connor. Jetzt versuchen Sie gar nicht erst Ausflüchte!«

Er versuchte es trotzdem. »Was wollen Sie?« fragte er und zog mit der unschuldigsten Miene der Welt die Augenbrauen hoch.

Ich krallte die linke Hand in sein schönes Seidenhemd und zog ihn ganz dicht an mich heran. »Johnny O'Connor ist ein alter Freund von mir«, sagte ich leise. »Vielleicht verstehen Sie, was ich damit andeuten will.«

Unsere Blicke fraßen sich ineinander. Er verstand

mich sehr gut, denn Unsicherheit und vielleicht sogar ein Anflug von Angst wurde in seinen Augen erkennbar.

Vielleicht hätte er in diesem Augenblick den Mund aufgemacht. Aber einen Sekundenbruchteil vor ihm sprach ein anderer, nämlich der Blonde aus der Halle.

Der Blonde sagte: »Laß den Boß los, oder du bist ein toter Mann!«

Ich warf einen Blick über die Schulter. Der Blonde stand in der offenen Tür und hatte schon wieder eine Magnum in der Hand. Entweder hatte er zwei gehabt, oder er hatte sich bei seinem schlummernden Kumpel bedient.

Ich holte schnell Luft. Dann gab ich Spinker einen heftigen Stoß, der ihn zur Tür hin beförderte, während ich mit einem Hechtsprung in die Polster der Sitzlandschaft schnellte.

Von der Tür her krachte ein Schuß. Ich sah nicht, wo er hinging. Ich kroch um fünf Meter Polster, holte wieder einmal tief Luft – und sprang auf.

Der Blonde stand so, daß er mich sofort hochkommen sah. Er schwenkte die Magnum.

Ich hatte gar keine andere Wahl. Ich drückte ab. Es wirbelte ihn einmal um seine Achse. Dann schrie er plötzlich, ließ die Magnum fallen und hörte nicht auf zu schreien. Ich hatte ihn in der linken Schulter getroffen.

»Keinen Schritt, Spinker!« rief ich so laut, daß es das Schreien des Verletzten übertönte.

Spinker verharrte mitten in der Bewegung. Er war nur noch zwei Meter von der Tür entfernt.

»Kommen Sie rückwärts zu mir!« rief ich.

Er gehorchte. Aber draußen in der Halle war eine Bewegung. Und plötzlich stand ein ganz anderer Mann in der Tür. Er war um die 30 und er hatte eine schiefsitzende Knollennase. In der Hand hielt er die schwere Automatik, mit der er in der Willis Avenue vor unseren Augen seinen verletzten Kollegen kaltblütig umgebracht hatte.

»Merguson!« rief ich. »Weg mit der Kanone!«

Einen Herzschlag lang nur stand er reglos da. Dann sprang er beiseite, und die Tür zur Halle schlug zu. Ich machte einen Satz über die Polsterberge hinweg, als Spinker sich umdrehte. Er hatte einen kleinen Derringer in der Hand, dieses doppeläufige Spielzeug, das die Berufsspieler auf den alten Mississippi-Raddampfern aus der Westentasche zogen, wenn ihnen jemand auf die Schliche gekommen war. Aber mochte das Ding auch noch so sehr wie ein Spielzeug aussehen, aus dieser kurzen Entfernung hätte es allemal ausgereicht.

Ich schoß, bevor Spinker den Finger krümmen konnte.

Meine Kugel durchschlug seine Handwurzelknochen.

Trotzdem hielt er den verdammten Derringer fest. Die Adern auf seiner Stirn schwollen an. Aber er brachte es nicht mehr fertig, einen Finger zu bewegen. Ich mußte sie ihm einzeln aufbiegen, bevor ich ihm den Derringer wegnehmen konnte.

Vorn neben der Tür lag der Blonde und stöhnte. Neben mir stand Spinker. Er wurde plötzlich kreidebleich, als er das Blut sah, das von seinem Handgelenk auf den kostbaren Teppich tropfte. Auf einmal sackten ihm die Knie weg.

Er war der große Boß im Rauschgiftgeschäft. Jede Prostituierte im ganzen Bundesstaat New Jersey ging für ihn auf den Strich. Er kontrollierte die geheimen Spielsalons und die gar nicht geheimen Spielautomaten. Wahrscheinlich wußte nicht einmal er selbst genau, wie viele Leute direkt oder indirekt seinetwegen hatten sterben müssen . . .

Aber als er ein paar Tropfen senes eigenen kostbaren Bluts sah, wurde er ohnmächtig.

Ich ließ ihn liegen und stieß vorsichtig die Tür zur Halle auf. Der Schwarzhaarige lag noch immer an der Wand und rührte sich nicht. Von dem Killer war nichts zu sehen.

Aber war da nicht Motorengeräusch?

Ich lauschte. Dann lief ich quer durch die große Halle und hinaus in die klare Schneeluft.

Ich kam gerade noch zurecht, um die Schlußlichter des schwarzen Lincoln auf der Privatstraße verschwinden zu sehen.

XII

Sie kamen alle zur gleichen Zeit: die Deputys vom County Sheriff, die FBI-Kollegen aus New Jersey und der Notarztwagen vom nächstgelegenen Krankenhaus.

Ich hatte den Blonden und Spinker mit Notverbänden versehen, den Schwarzhaarigen mit meinen Handschellen an größeren Ausflügen gehindert und mit Hilfe des Butlers Johnny O'Connor in seinem gar nicht so üblen Gefängnis aufgestöbert.

Ich schäme mich, es zu sagen, aber es ist die Wahrheit. Johnny war schwer angeschlagen durch eine halbe Flasche irische Whisky, den er sich vor Langeweile einverleibt hatte. Der Neger in der weißen Jacke hatte Kaffee gebracht, und schließlich war Johnny so weit, daß man halbwegs vernünftig mit ihm reden konnte.

»Was haben wir heute für einen Tag?« fragte er mit schwerer Zunge.

»Sonnabend«, sagte ich.

»Da sieht man's!« rief er und fuchtelte mit dem erhobenen Zeigefinger herum: »Der FBI ist auch nicht mehr, was er einmal war: Fünf Tage, um mich zu finden! Fünf Tage! Ein guter Polizeireporter hätte das in fünf Stunden geschafft.«

»Sicher, Johnny«, sagte ich und schob den dicken Krakeeler in den Hubschrauber, den uns Mr. Hancock wieder geschickt hatte.

In Spinkers Haus würde alles Nötige von den FBI-Kollegen aus New Jersey getan werden. Ich hatte sie kurz eingewiesen, denn ich hatte es eilig. Als ich Johnny in seinem Versteck befreite, war sein erstes Wort gewesen: »Ist endlich Sonntag, Spinker?«

Dann erst hatte er mich erkannt. Und später, als er durch den Kaffee wieder seine Sinne einigermaßen beisammen hatte, erfuhr ich dann, was seine Frage bezweckt hatte: Spinker hatte ihm versprochen, daß er ihn am Sonntag freilassen würde.

Am Sonntag. Bis dahin wollte Spinker sein »Geschäft« erledigt haben. Das konnte ja nur bedeuten, daß spätestens in der Nacht von heute auf morgen die Pläne des Abwehrsystems aus dem SRL herausgeholt würden.

Meiner Meinung nach konnten das nur zwei Leute tun: Jackson selbst, weil eine halbe Million Spielschulden auch sein Papi in London sicherlich nicht so einfach hinblättern konnte. Und wahrscheinlich steckte er sogar mit seiner Sekretärin unter einer Decke, mit dem Golden Girl, auf das mein alter Freund und Kampfgefährte Phil Decker so prächtig hereingefallen war.

Jim Hancock verlangte keine großen Erklärungen, als ich Johnny brachte und sofort um einen Wagen bat. Um 8.30 Uhr stieg ich in das Auto, und um 9.11 Uhr stieg ich vor dem Pförtnerhaus des SRL wieder aus.

Es schneite.

Ich stapfte durch den Schnee zum Tor und hielt Ausschau.

Drüben im Bunker brannte Licht. Auf dem näher gelegenen Parkplatz für die Mitarbeiter stand einsam ein großer Cadillac: Professor Jacksons pinkfarbener Luxusschlitten.

»Na also«, murmelte ich und ging zum Pförtnerhäuschen.

Rick Donnovan ließ mich ein. »Ich habe sechsmal versucht, Sie zu erreichen«, sagte er.

»Warum?«

»Professor Jackson ist seit vier Uhr im Bunker. Ich weiß nicht, es geht mich ja auch nichts an, aber seltsam ist es doch – meinen Sie nicht? Hat der Professor das nötig, am Sonnabend allein zu arbeiten?«

»Und ob er es nötig hat!« brummte ich. »Ihm sitzt eine halbe Million Spielschulden im Genick. Darf ich mal telefonieren?«

»Selbstverständlich, Mr. Cotton.«

Der zottige Schäferhund ließ ein leises Grollen hören, als ich meine Hand zu schnell zum Telefon hinstreckte. Ich zog sie zurück und überdachte meinen Plan noch einmal. Dann entschied ich mich anders. Ich wollte auch das Golden Girl haben. Also mußte man dem Mädchen eine kleine Falle bauen.

»Hören Sie, Mr. Donnovan, Sie könnten mir einen Gefallen tun! Rufen Sie doch bitte Miß van Heeren, die Chefsekretärin, zu Hause an! Ich bin sicher, daß sie zu Hause ist. Die Einladung zu einem Konzert heute abend hat sie nämlich vor ein paar Tagen abgesagt.«

»Okay. Was soll ich ihr sagen?«

»Sagen Sie ihr, sie glaubten, daß auf dem Gelände Männer herumgeschlichen wären! Professor Jackson sei nicht zu erreichen, und jetzt wüßten Sie nicht, was Sie tun sollten. Ihr Hund sei Ihnen zu kostbar, um ihn womöglich von Gangstern oder Spionen erschießen zu lassen. Sagen Sie nicht, daß ich da bin! Okay?«

»Okay.«

Er ließ mich durch die hintere Doppeltür des Pförtnerhäuschens auf das Gelände. Ich mußte ein paar Haken schlagen, weil ich mich möglichst im Schatten der Laternen von den Peitschenmasten bewegen wollte. So dauerte es ein paar Minuten, bis ich den Bunker erreicht hatte.

In der Fassade waren noch die Löcher von der Explosion zu sehen, denn bei dem Wetter waren Außenarbeiten auf dem Bau ziemlich sinnlos.

Ich versuchte, durch eins der vergitterten Fenster zu blicken, aber überall waren undurchlässige Vorhänge zugezogen.

Aber die Tür war nicht von innen verschlossen. Ich zog sie leise auf und geriet in einen kleinen, kahlen Vorraum. Nach rechts gelangte man in den Computersaal, aus dem ein halblautes Summen drang. Geradeaus führte eine Tür zu einem Waschraum, wie ihre Aufschrift verriet. Aber was interessierte mich ein Waschraum?

Ich ging in den Computerraum. Ungefähr 40 Geräte standen in vier Reihen. Halb rechts gab es sechs Monitoren mit den Eingabetastaturen. Jackson saß auf einem Drehstuhl und klappte den Unterkiefer herab, als er mich sah.

»Hallo«, sagte ich. »Werden die Überstunden bezahlt?«

Er erholte sich ziemlich rasch von seiner Überraschung. Mit einem Achselzucken erwiderte er: »Unsereins zählt doch die Stunden nicht, Mr. Cotton. Wenn ein wissenschaftliches Problem auftaucht, interessiert nur noch das Problem.«

»Problem glaube ich«, sagte ich und zündete mir eine Zigarette an. »Aber daß es ein wissenschaftliches ist, mit dem Sie sich herumzuschlagen haben, das glaube ich nicht.«

Jackson griff nach seiner Pfeife, die in einem Aschenbecher neben ih lag. Er nahm sich Zeit mit dem Anzünden.

Als er ein paar mächtige Wolken vor sich hingepafft hatte, fragte er: »Wie meinten Sie? Ich fürchte, ich verstehe Sie nicht ganz.«

Ich zog mir einen der Drehstühle heran, die vor dem Tisch mit den Monitoren in einer Reihe standen, und setzte mich rücklings darauf.

»Eigentlich könnten Sie das Spiel schon aufgeben«, meinte ich. »Aber wenn Sie's noch nicht glauben, daß es verloren ist, werde ich es Ihnen beweisen.«

»Ich verstehe gar nichts«, behauptete er.

»Doch, doch, Sie verstehen schon. Sie wollen es nur noch nicht zugeben, daß Sie ausgespielt haben. Sie haben nämlich bei der Mafia eine halbe Million Dollar Spielschulden, wenn nicht mehr. Und die Mafia pflegt auf solche Beträge nicht zu verzichten. Also hat man Ihnen einen Vorschlag gemacht.«

»Mir? Was für einen Vorschlag?«

»Sie sollten der Mafia einen Schlüssel hier für diese Wissenszentrale besorgen. Und Sie sollten einem Mann, den die Mafia schicken würde und der sich im Umgang mit Computern auskennt, das Codewort sagen, damit er hier alles abrufen kann. Dieser Mann kam in der Nacht von Sonntag auf Montag. Unglücklicherweise kam er genau zu der Zeit, da ganz andere Leute aus Gründen, die jetzt unerheblich sind, hier vor der Tür eine Höllenmaschine hochgehen ließen. Der Mann wurde dabei schwerverletzt. Aber es gelang ihm noch, über den Zaun zu kommen. Draußen warteten die Leute von der Mafia. Als sie sahen, wie schwer der Mann verletzt war, brachten sie ihn um, weil sie ihn nicht in ein Krankenhaus bringen konnten, ohne die Aufmerksamkeit der Polizei zu erregen. Und deshalb sitzen Sie jetzt selbst hier, Professor Jackson, um der Mafia alle Berechnungen und Pläne für den Bau eines im All stationierten Raketenabwehrsystems zu liefern. Damit man Ihre Spielschulden streicht. Wegen ein paar lumpiger Glücksspiele verraten Sie Ihr Vaterland.«

»Na, deswegen allein wohl nicht«, sagte eine Stimme hinter mir, und im selben Augenblick berührte kalter Stahl mein Genick.

Eine Hand griff über meine Schulter und zupfte den Dienstrevolver aus der Halfter. Dann verschwand die Mündung aus meinem Genick, und ich konnte mich umdrehen.

Knollennase hielt die Automatik auf meinen Bauch gerichtet.

»Manchmal hat es auch was Gutes, wenn unsereiner mal pinkeln muß«, sagte er. »Sie hätten im Waschraum nachsehen sollen, G-man, bevor Sie hier reingingen.«

»Das war ein Fehler«, gab ich zu.

»Ein tödlicher Fehler«, verkündete Knollennase mit einem ganz schwachen Grinsen. »Sie haben Spinker hochgehen lassen. Aber ich weiß, wie man den Mann erreicht, der Spinker sechs Millionen für die Pläne geboten hat.«

»Und darauf fallt ihr rein?« bluffte ich. »Kein Geheimdienst der Welt hat je für etwas so viel Geld bezahlt.«

»Ist ja auch kein Geheimdienst«, erwiderte Merguson. »Japanische Rüstungskonzerne möchten das Geschäft machen. Ich wette, G-man, daß die es sogar billiger können als wir.«

Er gab sich keine Blöße. Er war so weit zurückgetreten, daß ich keine Chance hatte, ihn zu erreichen, bevor er abdrücken konnte.

»Tut mir leid, Mr. Cotton«, sagte Jackson. »Aber ich brauche das Geld. Wir machen halbe-halbe.«

»Daraus wird wohl nichts werden«, sagte eine kühle Frauenstimme von der Tür her.

Merguson fuhr herum. Ich hatte keine Waffe mehr, denn er hatte meinen Revolver eingesteckt. Aber an der Tür blitzte es auf, und Merguson wurde wie von einer unsichtbaren Faust zurückgeworfen.

Er stürzte rückwärts gegen mich. Natürlich nutzte ich die Chance, um ihm die schwere Automatik aus der Hand und meinen Revolver aus der Tasche zu holen.

Miß van Heeren stand in der Tür, Dame von Kopf bis Fuß, wenn da nicht der 38er Revolver in ihrer Hand gewesen wäre. Ich verfluchte meinen Leichtsinn.

Nun hatte das Golden Girl doch noch gewonnen!

Im Vorraum wurden Schritte laut. Hinter der Frau erschien – natürlich, Phil. Er bedachte mich mit einem besorgten Blick und fragte: »Alles in Ordnung, Jerry?«

In seiner Stimme war nichts von Erkältung. Ich gab ihm keine Antwort.

»Schalten Sie ab, Professor!« sagte Miß van Heeren kühl. »Die Leute, die das GOLDEN GIRL bekommen sollten, haben es bekommen. Aber sonst wird es niemand weiter kriegen.«

Ich runzelte die Stirn. »Moment mal«, sagte ich. »Von wem sprachen Sie gerade?«

Miß van Heeren sah mich aus ihren schönen Augen arglos an.

»Aber, Mr. Cotton«, sagte sie verwundert, »nun ermitteln Sie schon eine Woche lang bei uns, und Sie kennen das Codewort für das modernste Raketenabwehrsystem immer noch nicht?«

»Golden Girl«, würgte ich hervor, »ist das Codewort für das verdammte Abwehrsystem?«

»Ja, sicher«, sagte Jackson.

»Ich denke . . .«, fing ich hilflos an.

»Ich weiß schon.« Miß van Heeren lächelte. »Zuerst wurde ich von den Gentlemen im Institut mit diesem Namen bedacht. Als es dann darum ging, einen Codenamen für das System zu benennen, schlug man Golden Girl vor – wahrscheinlich, weil sich inzwischen einige Gentlemen davon überzeugt hatte, daß mein Abwehrsystem perfekt funktioniert.«

Sie steckte endlich den Revolver in ihre Handtasche und zog dafür ein Etui heraus.

»Übrigens«, sagte sie, während sie das Etui aufklappte: »Ich gehöre zum CIA. Ich sollte von innen heraus kontrollieren, daß wirklich nur die von uns gewünschte Gruppe die Pläne bekommt. Da Professor Jackson mir nicht mehr traute, wurde ich veranlaßt, mich für ein paar Tage zurückzuziehen, damit die Geschichte endlich ins Rollen kam. Wir hatten uns das natürlich alle ein bißchen anders gedacht . . .«

Ich sagte nichts mehr. Aber ich war auch nicht gekränkt, als mir Phil kameradschaftlich eins in die Rippen gab.

E N D E

Als nächstes Jerry Cotton-Taschenbuch erscheint der spannende Roman

Ein General tritt ab

Und so beginnt dieses neue Abenteuer des G-man Jerry Cotton:

Frankfurt a. M. US-Airbase, Dienstag, den 21. Februar

General Jerome E. Walker, ein hochgewachsener, weißhaariger Berufssoldat von knapp 49 Jahren, blickte vom Fenster seines Dienstzimmers über das nebelverhangene Flugfeld, auf dem vor einigen Sekunden eine Galaxis der Air Force mit heulenden Triebwerken eingeschwebt war. In der rechten Hand hielt er ein kleines, durchsichtiges Plastiksäckchen, in dem gut 100 Gramm eines weißen Pulvers gepreßt waren.

Heroin im Wert von etwa 100000 Dollar.

Die Galaxis setzte mit quietschenden Reifen auf. Schneematsch und Rauch stiegen in den Nebel.

General Jerome E. Walker war in größter Sorge. Der Fund, den er in Händen hielt, war der Beweis für ein Verbrechen, das er bisher in seiner unmittelbaren Umgebung für unmöglich gehalten hatte. Er wußte, daß er in höchster Gefahr schwebte.

Er drehte sich um, ging auf den Schreibtisch zu und nahm aus einem Silberkästchen eine Zigarette. Er rauchte, ging unruhig auf und ab. Normalerweise hätte er sofort den CID, die interne Abwehr der Army, eingeschaltet. Doch hier handelte es sich nicht um eine Verfehlung, die irgendein Soldat im Übermut oder auch aus bösem Willen begangen hatte. Hier lag – das war offensichtlich – ein Hinweis auf einen regelrechten Sumpf vor. Auf den Sumpf des organisierten Verbrechens.

General Jerome Walker blieb stehen, schloß die Augen und spürte, wie hart sein Herz schlug. Innerlich war er empört. Tiefe Enttäuschung zeichnete seine harten Züge. Er ballte immer wieder die Hände, ganz so, als wäre er in der Lage, den unsichtbaren Gegner sichtbar zu machen, um ihn kurzerhand zu erwürgen.

Aber genau das war nicht der Fall. Im Gegenteil. Er begriff nur zu klar, daß er gerade die Spitze des Eisbergs ausgemacht hatte. Das wahre Ausmaß der Kriminalität auf seinem Stützpunkt lag im Dunkeln. Nicht auszudenken, was sich dahinter alles verbergen konnte!

Wer Verbrechen um des Geldes willen begeht, schreckt auch nicht davor zurück, sein Land zu verraten, seine Kameraden und Vorgesetzten. Ein solcher Mann ist bereit, die wohlgehüteten Geheimnisse Amerikas preiszugeben . . .

Wie viele Soldaten mögen in der Sache verstrickt sein? fragte sich der besorgte Offizier. Gab es auch im Geheimbereich Männer, die sich auf das Spiel eingelassen hatten?

Und wenn, wußte der Gegner das?

Hatte der KGB bereits seine Fühler ausgestreckt?

Gab es Kameraden, die dem Feind zuarbeiteten, weil sie erpreßbar geworden waren?

Wenn ja, wie konnte man das in Erfahrung bringen? Wo sollte er ansetzen? Mit wessen Hilfe?

General Jerome E. Walker seufzte auf. Er starrte wieder hinaus auf das Rollfeld, über das die riesige Galaxis fegte. Lichter schnitten Kegel aus dem weißen Nebel.

Der General fror.

Er war unsicher. Tief sog er den Rauch in die Lungen und dachte über die Schritte nach, die er unternehmen mußte. Ihm war klar, daß er Hilfe nur von außen bekommen konnte, nicht vom CID.

Walker preßte die Lippen hart aufeinander.

Die Vorstellung, daß die Männer, die hier in Deutschland für die Verteidigung des Westens standen und eine extrem hohe Verantwortung trugen, von Mafiosi durchsetzt sein konnten, verursachte ihm Magenschmerzen. Es bedeutete, daß Soldaten, die zum Teil die Verantwortung über komplizierte Massenvernichtungswaffen hatten, sich in den Dienst des Mobs gestellt hatte und – erpreßbar waren!

Den General beschlich das Grauen.

Nein, dachte er, der Fall gehört nicht in die Hände des CID. In diese Sache muß sich der FBI einschalten. Er muß seine besten Leute ansetzen, damit gründlich aufgeräumt werden kann.

Er zerdrückte die gerade angerauchte Zigarette und griff nach dem Telefonhörer. Er tastete den Code eines Überseegesprächs in die Leitung, dann die Vorwahl von New York und schließlich die Nummer 5532700.

Das Freizeichen kam.

14 Sekunden gingen drauf, ehe die Zentrale des FBI Field Office in New York schaltete. Weitere drei, bis John D. High sich mit angenehmer Stimme meldete.

»Ich bin's, Jerome«, sagte Walker mit rauher Stimme. »Ich rufe von Frankfurt aus an.«

Mr. High lachte erfreut auf. »Nett, dich mal wieder zu hören, Jerome. Ich vermute, das soll kein Plauderstündchen werden, nicht wahr?«

»Ganz und gar nicht«, gab Walker grimmig zurück. »Ich brauche deine Hilfe, John.«